记一忘三二

李娟 作品

图书在版编目（CIP）数据

记一忘三二 / 李娟著. -- 广州：花城出版社，2020.7（2024.6重印）
ISBN 978-7-5360-9107-8

Ⅰ.①记… Ⅱ.①李… Ⅲ.①随笔－作品集－中国－当代 Ⅳ.①I267.1

中国版本图书馆CIP数据核字（2020）第059716号

出 版 人：张　懿
责任编辑：文　珍　周思仪
技术编辑：薛伟民　凌春梅
封面设计：棱角视觉 ANGULAR VISION

书　　名	记一忘三二
	JI YI WANG SAN ER
出版发行	花城出版社
	（广州市环市东路水荫路11号）
经　　销	全国新华书店
印　　刷	佛山市浩文彩色印刷有限公司
	（广东省佛山市南海区狮山科技工业园A区）
开　　本	880毫米×1230毫米　32开
印　　张	6.875　1插页
字　　数	114,000字
版　　次	2020年7月第1版　2024年6月第11次印刷
定　　价	35.00元

如发现印装质量问题，请直接与印刷厂联系调换。
购书热线：020－37604658　37602954
花城出版社网站：http://www.fcph.com.cn

李娟记
（代自序）

从前有人生了个女儿，她决心要给她取一个最特别的名字，全世界独一无二的名字。为此她翻烂了字典，终于由一部电影得到启发。她激动极了。

她为她取名为"娟"。

是的……就是我……李娟……

我曾经看过一个关于中国人常用名的统计，叫"李娟"的约二十四万人，远远超过阿勒泰市的市民总数。使用率位列全国十强。排名仅次于王明、刘强和张红。

每当我向人做自我介绍，对方一听往往立刻接口："哦我也认识一个李娟。"我说："是的这个名字很普遍。"开场白万年不变。

我相信大部分人的手机通讯录里都存有一个以上的李娟。我手机里就有三个。

有段时间我收稿费的地址设在朋友老梁那儿。我不在阿勒泰时，她随便找个李娟借下身份证帮我把钱取出来。

上中学那会儿流行交笔友，其他年级其他班的其他李娟也不知错拆了我多少信!后来我的笔友越来越少,我怀疑都跟她们好上了。

开始写作之后,发现热爱文学的李娟也不少。我们新疆就有两个,大家只好以"大李娟""小李娟"区分之。

我曾经合作过的一家出版公司的作者队伍中有三个李娟,以至于有一次财务把我的版税误打到其他李娟账户上。

此外的不便还有,经常会无缘无故遭到读者痛心疾首的指责:"李娟,看了你近期发表的那篇在丽江的咖啡馆怀念张爱玲的文章,对你实在太失望了……"

她失望,我更失望。我没事怀念张爱玲干嘛?就算要怀念,哪儿不能怀念,干嘛非得跑到丽江去?

话说我从小就佩服"佚名"这个人,到处发表作品,创作跨美术文学诗歌音乐多界,还活了好几千年。现在呢,好多人都佩服我,写作风格多变,昨天还在种地养鸡喂牛,今天就漫谈文化与传承,明天又跑到丽江怀念张爱玲。

想过很多次,干脆取个笔名算了。可取名这事更令人烦恼。世上那么多父母为了给孩子取名而殚精竭虑(比如我妈),更别提自己给自己取。况且,到了这把年龄了突然换名字,对我来说简直跟整容一样尴尬。

哎,李娟就李娟吧。好比自己个儿矮的问题,反正都已经矮了三十多年,也矮习惯了。无论对于这个现实多么不甘心,也不甘心习惯了。

还有，名字虽然容易和别人混淆，但文字不会啊。幸亏我文章写得好。

嗯，以上说的是李娟。往下说说李娟的书。

长久以来，我的写作全都围绕个人生活展开。于是常有人替我担心：人的经历是有限的，万一把生活写完了怎么办？我不能理解"写完"是什么意思。好像写作就是开一瓶饮料，喝完拉倒。可我打开的明明是一条河，滔滔不绝，手忙脚乱也不能汲取其一二。总是这样——写着写着，记忆的某个点突然被刚成形的语言触动，另外的一扇门被打开。推开那扇门，又面对好几条路……对我来说，写作更像是无边无际的旅行，是源源不断的开启和收获。总之，只要一开始动笔，往往刹不住脚——不过，也可能因为我话痨。

然而自《冬牧场》后，这些年再没出过新书。之前很多编辑劝我要"趁热打铁"。可我又不是打铁的。如果只因好几年没出书就被读者所抛弃，那是读者的问题，不是我的问题。总之冷了热了什么的也没管太多。写作方向一直稳定不变，野心勃勃的长篇计划也从未停止。闲暇之余，兴致所至，也会随手记录一些身边小事。写了这么多年，写作已经成为自己生活中的习惯与乐趣。冷静漫长的长篇计划也罢，计划外的闲笔也罢，对我来说没什么区别。于是渐渐地就累积出眼下文字——发现恰好够一本书。说到这里，得感谢此书编辑，她无穷尽的赞美令我对出版此书充满信心。

偶尔看到古人的一句诗："记一忘三二"，觉得还算贴切，便拿来用作书名，为这些文字小小地归一个类。我发现，很多刻骨铭心的记忆一旦形成文字，似乎就只剩强烈的情绪鼓动其中了，读起来可能还不如自己平时随手记录的流水账精彩。可随着时光流逝，忘记的反而是后者。可见记忆的筛选取舍并不公平。幸亏自己勤快，大事小事统统记下来再说。每次翻看自己成山成海乱七八糟的电脑文件夹便无比庆幸——像最贪得无厌的人那样庆幸。好吧，长年在河中拦网守候的人，总比隔三岔五空着手到水边碰运气的人收获稍多。

关于"记"系列的随笔，原本还有数万字，但为了风格统一，便从此书中撤出，等将来累积起来再单独成书。没准儿将来会沿着这个脉络源源滚滚写个没完呢。一想到这个，就有家财万贯的从容感，以及，二十四万个李娟也没能淹没我的小小得意。

谢谢你买李娟的书。

2017 年春

再版序

　　这本书首次出版于 2017 年。如旧版序所说，是我从一些日常记录中整理出来的文字，都比较短小有趣。有些读者曾表示不太能接受这些文字的随意感，另一些读者却非常喜欢，觉得更自在过瘾。似乎我的所有作品都是如此，每一本书的读者都是分裂的，大家的喜好从没统一过。可能因为我自身也是分裂的吧，我是一个各种矛盾和差异的结合体。开心的是，我的每一部分都有人认同，每一本书都有人认领为"最爱"。写作第二幸福的事莫过于此。

　　第一幸福的是写本身。

　　我从小笨拙，我妈说我四五岁了才能勉强说话。反应迟钝，喜欢长时间独处。性格倔强，总是因为不听话而挨打。现在想想，这些可能是自闭症的表现。整个成长期我都挣扎于"沟通"的泥沼。别的孩子轻易就能明白的事情，我却怎么也弄不明白。总是被误解，总是误解别人。总是口齿不清，表达混乱（现在好多了，但很多时候仍如此）。终日趴在玻璃壁上，惶然旁观触不到的外部世界。直到能认字能阅读为止——突然间，我发现我所处的玻璃瓶的瓶塞是能够拔开的。我发现有一种办法能令我说清楚所有事，令别人明白我的心意。我开始写作了。能够读书和写作，是我人生第二大的幸运。

最大的幸运是写作的自由状态。

此时此刻，我正处于我曾经强烈期盼的美梦之中。

这一切除了自己的坚持，更依赖无数陌生人的认同与帮助。

谢谢你们。

很开心这次再版。新版接受了一些读者的建议，作了调整和补充。一切会更好的。

2020 年春

目 录

台湾记　　1

信仰记　　12

扫雪记　　20

挨打记　　27

邻居记　　35

藏钱记　　39

风华记　　46

飞机记　　52

滑雪记　　56

老师记　　60

奇梦记	*65*
野猫记	*72*
宠牛记	*88*
过年记	*95*
阅读记	*98*
冰箱记	*102*
野鸡记	*111*
避孕记	*116*
老乡记	*122*
末日记	*125*
大院记	*130*
沟通记	*150*
时光记	*153*
郊游记	*155*

暴力记	*160*
杀生记	*165*
月饼记	*169*
疑惑记	*172*
惊梦记	*176*
遗忘记	*180*
固执记	*185*
疾病记	*187*
彩咪记	*189*
古老记	*192*
渴望记	*196*
眩晕记	*198*

台湾记

自从我妈从台湾旅游回来,可嫌弃我们大陆了,一会儿嫌乌鲁木齐太吵,一会儿又嫌红墩乡太脏。整天一副"这日子简直没法过下去"的模样。抱怨完毕,换下衣服,立刻投入清理牛圈打扫鸡粪的劳动中,毫不含糊。

之后,足足有半年的时间,无论和谁聊天,她老人家总能在第三句或第四句话上成功地把话题引向台湾。

如果对方说某店的某道菜不错。
她立刻说:嗨!台湾的什么什么那才叫好吃呢!
接下来,从台湾小吃说到环岛七日游。

对方:好久没下雨了。
她:台湾天天下雨!
接下来,从台湾的雨说到环岛七日游。

对方：这两天感冒了。

她：我也不舒服，从台湾回来，累得躺了好几天。

接下来，环岛七日游。

问题是她整天生活在红墩乡×大队×小队这样的地方，整天打交道的都是本分的农民。人家一辈子顶多去过乌鲁木齐，你却和他谈台湾，你什么意思？

好在对方都是本分的农民，碰到我妈这号人，也只是淳朴地艳羡着，无论听多少遍，都像第一次听似的惊奇。

事情的起因是一场同学会。同学会果然没什么好事。毕业四十年，大家见了面，叙了情谊，照例开始攀比。我妈回家后情绪低落，说所有同学里就数她最显老，头发白得最凶。显老也罢了，大家说话时还总插不进嘴。那些老家伙们，一开口就是新马泰、港澳台，最次也能聊到九寨沟，就她什么地方也没去过，亏她头发还最白。

她一回家就买了染发剂，但还是安抚不了什么。我便托旅行社的朋友帮她报了个台湾环岛游的老年团。

总之，事情就是这样的：去年初冬的某一天，我妈拎了只编织袋穿了双新鞋去了一趟台湾。这是她老人家这辈子第一次真正意义上的旅行。几乎成为她整个人生的转折点。回来后，第一件事是掏出一支香奈儿口红扔给我，轻描淡写道："才两百多块钱，便宜吧？内地起码三四百。"——在此之前，她老人家出门在外渴得半死也舍不得掏钱买瓶矿泉水，非要忍着回家喝凉开水。

那是在最后的购物环节，大家都在免税店血拼。我妈站在一边等着，不明所以状。有个老太太就提示她了："你傻啊你？看这多便宜啊，在内地买，贵死你！"

可在我妈看来那些东西也不便宜，一个钱包八千块，一枝眉笔五六百。

（后来我听了直纳闷，我明明给我妈报的是老年团啊？又不是二奶团，都消费些什么跟什么……）

还有一老太太则从另外的角度怂恿："钱嘛，生不带来死不带去，咱都这把年纪了，再不花还等什么时候？"

我妈是有尊严的人，最后实在架不住，只好也扎进人堆，挑选了半天，买了支口红。

这么一小坨东西，说它贵嘛，毕竟两百多块钱，还掏得起。说它便宜吧，毕竟只有一小坨。于是，脸面和腰包都护住了。我妈还是很有策略的。

除此之外，她还在台湾各景区的小摊小贩处买了一堆

3

罕见的旅行纪念品，幸好带的编织袋够大。但是不久后，我在阿勒泰各大商场、超市分别看到了同样的东西，价格也差不多。

在台湾，她第一次近距离接触大海，感到忧心忡忡。

她说："太危险了，也不修个护栏啥的。你不知道那浪有多大！水往后退的时候，跑不及的人肯定得给卷走！会游泳？游个屁，那么深，咋游！"

她还喜滋滋地说："我趁他们都不注意的时候，偷偷尝了一下海水，果然是咸的！"

又说："海边的风那个大啊。风里还支了个小棚，人人都进去吃东西。一拨人吃的时候，另一拨人旁边等着。太厉害了！"

我："这有啥厉害的，不就在海边吃个东西嘛。"

她："我是说，老板的生意厉害。"

之前她看了朱天衣的《我的山居动物同伴们》一书，无限神往。

她说："每到一个有山的地方，我就使劲地看啊，使劲地找啊。特别想找到那一家人，想去打个招呼。我看到好多山上都有她说的那种沥青路，细细的，弯弯曲曲伸到林子里。我猜她可能就在路的尽头。我还和车上前后左右的老头儿老太太都说了这家人的事。"

最后说："给我在台湾买个房子吧？"

此外，被她反复提及的还有大巴司机的一条小狗。她说，一路上小狗一直跟在车上，司机开车时就卧在他脚下。每到一个地方，司机就抱它下去尿尿。一尿完它就赶紧往车上跳，胆儿特小。

她还特别提到，有一次车下有一只野猫引起了狗的注意，它在车门边虚张声势地冲猫大喊大叫，猫理都不理它。司机便抱起狗放到猫旁边。刚松手，狗嗖地又窜回了车上。

我不知道这件事有什么特别的。她至少说了五遍。

她说："要是带上我赛虎（我家小狗，十一岁半）一起去就好了，我赛虎从没去过台湾。"

我问："你们导游好不好？"

她说："好！就是辛苦得很。一路上每个人都要照顾到。"

我："司机好不好？"

她："司机也辛苦，特准时，从来没让我们等过。"

我："临别你给了他们多少小费？"

她："给个屁，我可没钱。"

想了想,又不好意思地说:"别人都给了,都给得多,不缺我这份。"

又说:"别人塞钱的时候,我装没看到。"

我估计就算给了,人家也未必肯要吧。我把自己在冬牧场用过的那个缠满了透明胶带、漆面大面积剥落的卡片相机转赠给她。她去台湾后,到处请人使用这个相机帮她拍照。

况且,还拎了只编织袋。

我问:"台湾的东西真有那么好吃?"

她怒道:"别提了,去了七天,就拉了三天肚子!"

又说:"那些水果奇形怪状,真想尝尝啊,又不敢,一吃就拉!"

又说:"吃饭时满桌子菜色漂亮得很,什么都有,可惜全是甜的,吃得犯恶心。"

又说:"后来我饿得头晕眼花,特想念家里的萝卜干。幸亏同行的一个老太太带了一瓶剁椒酱——她们出门可有经验了。她让我把剁椒酱拌在米饭里,这才吃得下去。"

最后说:"拉了三天啊,腿都软了,连导游都害怕了。他担心出事,都想安排我提前回去。"

我说:"听起来很惨啊,都病那样了,还玩个屁啊。"

她说:"病归病,玩归玩。总的来说,还是玩得很不错!"

去之前,我倒是没考虑过闹肚子这个问题。唯一担心的是她晚上睡不好觉,她长年神经衰弱。

我问:"你和谁一个房间?她打不打呼噜?吵不吵你?"

她害羞地说:"她不打呼,倒是我打呼……把她吵得一连几天都没睡好,只好白天在大巴车上睡。"

我惊道:"那人家岂不烦死你了!"

她:"我拼命地道歉,还帮她拿行李,她就不生气了,还一个劲儿安慰我,还帮我打听治打呼的药。"

飞机从台北飞乌鲁木齐,六七个小时。下飞机时,她几乎和满飞机的人都交上了朋友,互留了电话。

大家都是出门旅行的,所参的团各不相同,免不了对比一番:你们住的酒店怎样?你们伙食开得如何?你们引导购物多吗?……踊跃吐槽,很快将各大旅行社分出了三六九等,丝毫不考虑旁边各旅行社领队的感受如何。

接下来又开始分享各自的旅行经验:出门带什么衣物好,穿什么鞋舒服,到哪哪儿国家少不了蚊子油,哪哪儿地区小偷最多,哪哪儿温泉不错……我妈暗记在心,回家以后，向我提出了诸多要求：买泳衣，买双肩背包（终于发现编织袋有点不对了），买遮阳帽，买某某牌的化妆品、去北欧四国……

其他都好说，北欧四国就算了吧……毕竟出钱的是我。

我劝道："那些地方主要看人文景观，你素质低，去了也搞球不懂。不如去海南岛吧。"

看来人生的第一次旅行不能太高端，否则会被惯坏的。

她开始研究我的世界地图。

一会儿惊呼一声："埃及这么远！我还以为紧挨着新疆呢！"

一会儿又惊呼："原来澳大利亚不在美国！"

最后令她产生浓厚兴趣的是印度南面的一小片斑点："这些麻子点点是啥？"

我说："那是马尔代夫。"又顺手用手机搜出了几张图片给她看。

她啧啧赞叹了五分钟，掏出随身小本，把"马尔代夫"四个字庄重地抄了下来。

我立刻知道坏事了。

当天晚上，她一回到红墩乡，就给我旅行社的朋友打电话，要预约马尔代夫的团。

我的朋友感到为难，说："阿姨，马尔代夫好是好，但那里主要搞休闲旅行，恐怕没有什么丰富的观光活动。不如去巴黎吧，我们这边刚好有个欧洲特价团。"

我妈认真地说："不行，我女儿说了，我的素质低，去那种地方会丢人现眼的。"

以前吧，我家的鸡下的蛋全都攒着，我妈每次进城都捎给我的朋友们。如今大家再也享受不了这样的福利了。我妈开始赶集，鸡蛋卖出的钱分文不动，全放在一只纸盒子里，存作旅游基金。

但赶集是辛苦的事，我只好在朋友圈里帮着吆喝：请买我妈的鸡蛋吧，请支持我妈的旅游事业吧。

大家纷纷踊跃订购。我妈一看生意这么好，很快又引进了十只小母鸡。加上之前的鸡，估计到今年初夏，日产量能达到十五到二十个蛋。

我们这里土鸡蛋售价为一块五一个，算下来月收入至少七百元，一年下来能存八千多。我家的奶牛基本上一年半产一头小牛犊，五个月大的小母牛售价四五千，小犍牛能卖三四千。如果李娟再给补贴一点——好嘛，一年远游一次，什么北欧四国马尔代夫，统统不在话下。

9

另外，她老人家作为早些年半道开闪的兵团职工，前两年刚把手续又办回了兵团，为此交了一大笔费用。但是从今年开始就可以正式领退休金了，每个月有一千多块。农村生活基本自给自足，花不了什么钱，省着点的话，到年底存个万儿八千不成问题。于是乎，一年近游两次，什么秦皇岛峨眉山，也不在话下。

总之，台湾之行成了我妈一生的转折点，令她几乎抵达一生中最幸福的时光。之前她拍照时总是抿着嘴，板着脸，丝毫不笑，冒充知识分子。如今完全放开了，一面对镜头，笑得嘴角都岔到后脑勺，还学会了无敌剪刀手和卖萌包子脸。

不但染了头发，还穿起了花衣服。

我建议："妈，穿花衣服也不是不可以。但是，当你穿花衣服的时候能不能别穿花裤子？或者穿花裤子的时候别穿花衣服？"

她不屑一顾："你可没见人家台湾人，男的都比我花！"

在台湾，她还学会了四种丝巾的系法，回家后一一示范给我。

她说："当时大家在排队上厕所，厕所门口就是卖丝巾的摊子，只要买他的丝巾，他就教你怎么系。"

"你买了？"

"没买。"

"……"

她很自豪："我记性真好，只教了一遍就全记住了！"

我心想："要是教了好几遍还学不会，还不买人家的丝巾，——你好意思吗？"

她一边扯着丝巾在镜子前扭来扭去，一边感慨："这是去台湾最大的收获！"

我哼道："好嘛，花了我八千块学费，就学了个这！"

突然有一天，我妈认真地说："从此以后，我要放下一切事情，抓紧时间旅游！"

我以为她彻悟了什么："什么情况？"

她说："听说六十六岁以后再跟团，费用就涨了。"

2013 年

信仰记

我妈在没人的时候,突然悄悄地对我说:"怎么办呢?现在所有人都知道我信基督教了,到处都传开了。可是我明明不信啊,我实在没法信进去啊……怎么办呢?"

这事说起来得怪我叔叔。他家的亲戚关系盘根错节,千头万绪,复杂得不得了。算下来,几乎半个县城的河南人都和他有关系。其中一个四婶信了基督,于是,半个县城的河南人都跟着入了教。自从他和我妈结婚以后,便只差我妈一个就全票了。于是大家都来劝说。尤其四婶,劝得非常诚恳,一定要带我妈去教堂看看。刚好那天我妈正闲着,她心想:教堂是个啥样儿的呢?出于好奇就跟去了。

结果这一去,被迫形成了某种事实上的"正式"。教堂的人送给了我妈一本《圣经》和一本《赞美诗》。我妈不好拒绝,收了下来。这一收下来,接受的肯定就不只是两本书了。从此之后,每次进城办事,她都跟做贼似的躲来躲去。一不小心遇到亲戚，准被拉住去教堂。按说信仰自由，应该谁也奈何不了才对。可是，谁教叔叔家的亲戚实在太多了！我妈一拳难敌众掌。加之教堂的气氛太肃重，大家都那么虔诚庄严，我妈给吓得结结实实，一进去再不敢胡说八道。别人让她干什么就干什么，熬到出得门来才敢略微喘口气。

我妈说："听经我不喜欢，祷告也总是说不好，但唱歌（赞美诗）还是蛮不错的。我就喜欢跟着大家一起唱歌。"

她在教堂学会了不少歌，不停夸口说好听，好听，简直好听得不得了。我连忙让她唱一首听听。

她想了想，说："忘了。"

又想了想："只有到了教堂里，才想得起来该咋唱。"

那年夏天，很长一段时间里她一个人住在遥远无人的荒野中看守着两百亩葵花地。整个夏天独自陷没在广阔的大地中，面朝黄土，锄草、打杈、浇地，安静地侍弄着农活。有时干着干着，突然会孤独地想起某首赞美歌来，于是边唱边干活。茫茫荒野，自得其乐。

她说："有时候我对赛虎唱，有时对鸡和兔子唱。"

那一次，小狗赛虎，大狗丑丑，还有鸡和兔子全被带进了荒野之中，陪伴她在那里生活了三个多月。

对了，还有一次她唱得最郑重，最虔诚了。那次叔叔在县里生了病，我妈想去看他。但那天她一大早就在荒野中的公路边等车，等了一上午也没等到班车过来。她便决定骑摩托车进城。但又非常害怕——之前她从没骑过那么远的路，一百多公里呢。况且当时她的摩托车没办牌照，怕遇到交警，只能偷偷走荒野里的小道。土路的路况差倒罢了，茫茫戈壁，很容易迷路。而那条路她只是听说过，一次也没亲自走过。还听说除了春秋羊群经过，那条路上几乎遇不到任何人或车辆。最危险的是，那段时间她的摩托车还一直有些小问题，油箱里的汽油也不太多了。她所在的村庄又没有正规的加油站，都是私人在倒卖汽油，卖油点经常断油……总之，万一在荒野中抛锚就惨了，绝对无人可求助的。又正是春天，风沙那么大……但她还是冒着巨大的风险上路了。

在呼啸的大风中，她突然想起了一首应景的赞美歌，便一路上大声地唱个没完："千山万水主伴随……"

还有一句是："迷路的时候主在身边……"

聊以壮胆。

我问："后来呢？一路上没事吧？"

她说："没事。"

又说："不过后来真的迷了一次路。"

至于我叔叔，信教的历史就更悠久了。我妈当初和他结婚时，得知自己嫁了一个基督徒，很是小心翼翼了一阵子，生怕一不留神说错什么话伤了人家的宗教自尊心。时间一长，大大松了一口气——这个教徒！也太不地道了！

她说："他？哼！一进教堂就打瞌睡。直到管事的（大约指的是牧师之类的角色）讲完一段经，大声问'你们中间谁想上天堂？'他才猛地醒过来，大喊：'我！'"

自从我妈也入了教，他们两口子一起去教堂，就结伴打瞌睡。我妈不但打瞌睡，还长长地流口水。

我妈住乡下，顶多在进城的时候提防一下亲戚。而我叔叔的情况则惨很多，谁教他大部分时间都住在城里。一到礼拜天就赶紧出门，不敢在家待。可出了门还是危险，无论多么小心地靠边走，难免会冷不丁被远远叫住："哟，这不是三哥吗？走，祷告去！"谁叫他亲戚那么多。

他说："哎，下次吧。院子里菜地还没浇呢。"

亲戚说："三哥，恁要相信主！"

我叔叔只好跟着去。祷告完回来，给我妈打电话："菜地还是干的，相信主，主也没帮俺浇。"

我叔叔有时会坚定拒绝。亲戚就会很生气："三哥！恁咋忘啦？恁上次病多厉害，幸亏得了主的恩典！三哥，要相信主！"

我妈悄悄说:"哼,明明是老子的恩典,那次老子伺候了他整整两礼拜!"

在信教的问题上,我妈牢骚多多。她说:"我相信耶稣是个好人,也相信《圣经》上都说得对。我也想照着老师(估计还是指牧师)说的那样做啊!但说实话,老子实在瞧不上那一帮信教的。哼,真是太不像话了!你听听,他们怎么祷告的——主啊,给我个房子吧,主啊,给我儿子找工作……开口闭口,就找主要这要那,真是不像话。真是不劳而获!跟着这群人一起混,真是丢人!"

又说:"娟儿,别看你是写文章的,要是让你听听他们的祷告,也会给吓一大跳。天啦,咋会有那么多的词儿呢?也不知道都是咋想出来的。啧啧!一套接一套,说半个钟头都不打一点儿磕儿……他们看我不会祷告,还送我一本《祷告辞》,上面啥样儿的说法都有。我一有空就背,可是背了半年了,也没能背下第一篇……本来都已经背会了第一篇,一进教堂又忘精光……那时候只会反复说:主,保佑我娟儿在外面好好的,主,保佑我身体好好的。"

虽然在家里,《圣经》时不时用来垫热汤盆,《赞美诗》和《祷告辞》也四处乱扔,破得跟下油锅炸过一遍似的,但我妈对基督教还是大怀敬惮之心。真信也罢,假信也罢,面子上的事情做得严严实实，决不露馅儿。只在没人的时候，才疑惑地同我讨论宗教上的问题："娟儿啊，有一件事我死都想不通。《圣经》里说，上帝创造世界，七天就好了，人也是他造的，动物啊植物啊也都是他的功劳——上学时我们老师可不是这么说的！"

还有一件事她也想不通。在菜市场买完茄子，摊老板顺手送一把香菜，若是教会的人，接过来的时候总会说："感谢主。"她想：明明应该感谢菜摊老板才对啊……

至于教徒之间的称呼——宋姊妹、陈兄弟之类，我妈也死活不习惯。觉得矫情，憋死也叫不出口。只好含含糊糊地哥啊妹啊地叫。她说："反正是男的一般都比我大，是女的一般都比我小。"

不管怎么说，把我妈这么吊儿郎当的人扔到一群郑重认真的人中间，多少还是有些益处的，至少有了些好的约束。最明显的变化就是骂人没那么脏了。以前脱口就是"你姑的腿、你二的蛋"之类，虽然野蛮有趣，毕竟不成体统。现在呢，一旦发怒，就只会不断地重复："你这个魔鬼！你要下地狱！"总算文雅多了。

另外，信教对她的人际关系也有着极大的改善。无论她怎么披着藏着，她入教的事情后来还是从城里的河南亲戚间传到了乡下的河南亲戚间（乡下的河南人也有二分之

17

一是我叔叔的亲戚……）。那些曾和她吵过架，骂过街的邻村（邻村是当时我们居住一带的唯一汉族聚居村，而我家是在哈萨克牧业村庄，村里没什么汉族）老乡们都跑来主动与她和好，姊妹长姊妹短，再不提前事。卖菜的路过家门口也总会顺手送过来一把芹菜、几颗土豆。生了点小病，大家也纷纷前来探望，送药送水果的。总之，我妈信了教之后，才发现：原来世界上竟有这么多人信教！原来我叔叔竟有这么多亲戚！

后来她去买点什么东西，也会随口说："感谢主。"顿时令卖东西的大为感动："原来你也是俺们姊妹啊？"我妈嗯嗯啊啊不能言。接下来，二话不说给抹去零头。

我叔叔虽然对进教堂和背祷告辞这些事很有抵触，但他的信奉是实实在在的，只不过有些瞧不起本地和尚。他总是自豪地说："俺才不和他们一块呢，俺的组织关系在阿勒泰市！"

还在多年以前，一次他去阿勒泰办事，遇到一些麻烦，一个教会里的老太太热心帮助了他，并介绍他入了会。后来每次去阿勒泰，他都会去看望那个老太太。据说老人家由于信主信得诚心的缘故，都七十多岁的人了，身体好得没话说，啥病都没有。心肠也极好，家里养了一屋子流浪汉，无论谁去投靠她，都肯收留，还帮着找工作。听说还感化过几个劳改犯，原先杀人放火无恶不作，现在一个个都跟雷锋似的。

我在阿勒泰生活了五年，有一段时间恰好住在那位老太太家附近。她不知怎么的听说我在宣传部上班，便对我很感兴趣，几次想亲自发展我入教，把主的恩典渗透到国家干部中去。后来又听说我都二十七八了还没结婚，便很可怜我，张罗着要给我在教会里介绍一个对象。吓得我一出门就溜着墙根走，所幸一次也没遇上过她老人家。

不过说实话，我还是真心敬重这样善良虔诚的老人的。况且每到圣诞节还会收到她的一份圣诞礼物，都是托邻居捎来的，一包糖果，或一本写着"圣诞快乐"的软面抄。

我妈钦佩地说："以后等我老了，我也要像阿勒泰那个信教老太太一样，像模像样，真真心心地信主，也要救济一屋子没饭吃的。"然而照目前的迹象看来，怕是很难做到。不过她有诚意说出这样的话，应该是初得一点点"教"的真髓了吧。

2008 年

扫雪记

前年春天,为了把家从富蕴县南面戈壁滩上的阿克哈拉村搬到阿勒泰市,我在市郊买了个院子,很大,五亩。为充分炫耀此事,我四处吆喝,组织了一拨又一拨看房团前来参观。一到地方,朋友们除了尖叫和眼红,都不约而同地问到一个问题:"这么大的地方,冬天怎么扫雪?"

在阿勒泰的冬天,人人都得扫雪。乡下人扫自家的院子,城里人扫各单位的片区。哪条街道哪段路面归哪个单位负责,墙根处马路牙子上电线杆上都以红油漆标得清清楚楚,打着箭头符号。一到久雪初停的日子,集体劳动就开始了,手头天大的工作都得放下。处级以下干部职工无人幸免。至于不便人工清扫的主干道,则以推土机推开积雪,再用挖掘机装满一辆辆卡车,然后运到城外倾倒。

把清理积雪说成"扫"雪,实在太含蓄了,说"铲"雪、"打"雪、"砍"雪都不为过啊。那可真是个力气活,用铁锹挖，用剁铲砍，用推板刮，拼命在雪堆里刨开一条通道，杀出一条血路。雪是轻盈浪漫的，可一旦堆积起来，便沉重又坚实，不近人情。至于塌方时从高处摔滑而下的雪块，据说已经跟冰块一般坚硬，手指甲都很难在上面抠出印子。

总之，我和我妈面临的就是这样一个问题。

之前我早就提醒过我妈，阿勒泰市是山区，比不得戈壁滩边上的富蕴县，冬天雪很大的。她嗤之："老子活了这么大，什么样的雪没见过？"

下第一场雪时，我妈真心地感慨："别说，老子还真没见过这么大的雪！"

下第二场雪，我妈又感慨："除了上次那场雪，老子从没见过这么大的雪！"

到了第三场雪，我妈继续："这是老子这辈子见过的第三场最大的雪！"

就这样，不到一个月，纪录刷新了三遍。

才开始，我俩约好，管它多厚的雪，咱只扫出一条通道，能走路就行。

后来发现，头几场雪如果不扫干净，就没办法腾出空儿来，后面再下的雪根本就没处儿堆。只掏一条路？太天真了。况且，才十二月雪量就如此规模，若真的只掏一条路，雪全往两边码的话，等到了二月新年前后，人岂不得夹在深沟里走？估计脑袋都冒不出来。

然而，就算只掏路，这活儿也不好干。路实在太多了……总得喂牛吧，从家门口到牛圈，得有二十米。总得喂鸡吧，从门口到鸡圈，二十米。总得上厕所吧，从门口到厕所，二十米。总得倒煤灰吧，从门口到倾倒煤灰的河岸边，三十米。最后，总得出门吧，从门口到大铁门再到马路上……起码五、十、米。

当初为什么要买这么大的院子啊……

真想多交几个男朋友……帮忙扫雪……

雪停了，我和我妈去镇上赶集。一路上经过的人家都在扫雪。只见他们用手推车把雪一车一车地从院子里拉出来，倾倒在马路对面的河谷下。家家户户干得热火朝天。我妈一边打招呼一边讪讪道："哎哟，可真勤快哟，哎哟，你们可真讲究哟……我家的雪都没管它……就扫了条路出来……"

人家便客气道："反正闲着，当锻炼身体呗。"

回家后，我妈警告我："再不许让人来咱家玩了！你看这一路上，家家户户都扫了雪，就我家堆得满院子都是雪堆。真丢人！"

于是，每当有朋友打来电话："雪停了，去看看你呗！"

我就警告:"不许来!我妈说了,家里没扫雪!"

进城办事,若有朋友开车送我回家,车刚开到大门口我就急忙道歉:"不好意思啊,没扫雪!这次就不请你进去坐了啊。"

老是这么闭门谢客也不是个办法。况且总有些人会不请自来,比如来借钱的,比如来通知改电的。

雪太厚,到了我家附近,来人连大铁门都近不了身,得站在马路上狂喊,惊动我家的狗之后,才能惊动我和我妈。

偏那两天一直没完没了地下雪,盖了厚厚一层,我妈挣扎着蹚行,齐膝深呐!那人隔着铁门的栏杆遥遥看了,怪不好意思的,只好也下了马路,把双腿插进雪里,从马路到大门,帮我们踩出了宝贵的十二个脚印。从那以后,我和我妈每次出了大门,都会踩着这十二个脚印窝子上马路。谢谢他喔。

进得门来,那人笑道:"雪都把大铁门埋了一大截,要不是看到院里烟囱在冒烟,还以为这家人搬走了。"

我妈呢,少不了把健康问题抱怨一番,然后详尽地罗列全部的家务活儿。那人便理解地叹息:"这么大个院子,就你们两个女人打理,是挺难啊⋯⋯"

我妈问:"这个地方难道每年都是这么大的雪吗?"

那人说:"倒也不是……"

我俩微微地舒心。

然而他又说:"大的时候还没到呢。"

…………

扫雪本身就是累人的活儿,偏天气又那么冷。头一天还在零下十几度徘徊,第二天突然跌至零下三十多度。中间连个过渡性的零下二十度都不给。

在刚入冬的两场大雪之后,我妈还会在鸡舍附近扫出一片空地,好让鸡们出来放放风,啄啄泥巴。鸡在封闭环境里待久了,容易缺钙。可后来……缺钙就缺钙吧。

我妈一扫雪就骂狗,说白养了一场,累得半死也不见狗帮个忙。结果后来狗还真帮忙了。我家大狗豆豆是女的,除了能生仔,再没别的本事。整天招蜂引蝶,院子里一天到晚野狗来来往往络绎不绝。时间一久,竟给蹚开了一条大路。只可惜这条路我们只能借用一半——走着走着,就通向了隔壁家围墙的豁口处。

由于不扫雪,只蹚路,把路上的雪踩瓷了事,渐渐地,那条陷在雪地中的路就越垫越高了,覆着又厚又硬的一层雪壳。原先出了门,得下两级台阶,如今只需下一级。估计等到过年的时候,就没有台阶了。

地面上的雪还好说,掏一掏,挖一挖,总不至于把人给埋了。最大的忧患来自屋顶上的雪。我买的这个院子很大，房子也大。是三十多年的老土坯房，墙壁有八十公分厚。刚搬过来时整修房顶，发现橡木上盖的房泥填了足足一尺深。房泥厚了固然保暖，但分量太沉。大梁和檩条承重了几十年，全变形了，向下弓着，让人看了发怵。如今再加上雪的重荷，这房子，真是住得不安稳……

大雪一停，左邻右舍们赶紧上屋顶推雪，我和我妈……谁都不敢上。

屋顶坡度倒不算太陡，却因为雪的原因，特滑。今后如果我自己要盖房子的话，房檐边定要加一排围栏，万一房顶上的人滑下去多少能挡一下；要不就把屋顶坡度修得更陡，搞成哥特风，锥子一样尖，让雪停不住，自己往下滑。

唯一庆幸的是阿勒泰市背靠大山，没什么风。如果是之前我们生活的那个茫茫荒野中的小村庄的话，这等规模的雪，恐怕早就被西北风吹得把我们整个房子埋得烟囱都不剩一根。

总之那个冬天雪特大，好像要给初来乍到的我们一个下马威似的。当时的新闻不时报道初冬雪灾的事。受灾最大的当然不是城市，也不是农村，而是牧区。城市已经和气候没什么关系了。农村冬季正是农闲时节，交通又相对方便，面对极端天气总有一定的抗衡力量。而牧民们只能

25

被气候的绳索紧缚着,在深渊中甩来荡去。在电视新闻画面上,牧人们把羊一只一只从雪堆里刨出来,有的活着,有的死了。

而当时才十二月中旬,冬天才刚刚开始。

2012 年

挨打记

某天和几个朋友聊天，不知什么由头，聊到了小时候经历的校园暴力。我便也讲了一些自己的事。

当年在四川上小学的时候，有段时间我们班主任嫌打人太累，就安排同学们之间互相打。每次考试分数下来，排好名次后，由第一名打最后一名，第二名打倒数第二名……以此类推。两人之间的成绩差着多少分，就以教鞭打多少下手心。特有创意。老师在旁边听响儿，音量不到位，从头再打。很难徇私。

话说我的一个好朋友挨完打，向我抱怨这种方式不科学。她考了七十五分，当时七十五分的同学有三个，并列倒数第十，便轮流被第十名、第十一名、第十二名打。她不幸排在第一个挨打……这意味着什么呢？第十名考了九十二分（前面有几个并列第三第四的……），便足足挨了十七下。而第十一名考了九十分，第二位并列倒数第的便少挨了三下。第十二名呢，考了八十七分……果然不科学。

当时我也被打了好几下。打我的是一个女生，副班长，平时又优秀又亲切，我对她一直心怀好感。发生这事后，明明知道她也是被动的，仍心生芥蒂，难以释怀。老师这招太不利于团结了。

后来到新疆读书，也是小学，老师也用教鞭打人。教鞭难免有打断的时候，于是她规定：断在谁身上，谁就得负责赔一根。李娟共赔了两根……真倒霉。

回去对家长说："老师要一根新教鞭。"

家长："为什么找你要？"

……这教人怎么回答？！

更屈辱的是，赔教鞭这种事，可不是随便寻根棍子就可以交差的。老师有要求：不粗不细，不轻不重，光滑、匀直、节疤少、弹性好。妈的跟美猴王选兵器一样挑剔。

如此说来，是不是李娟小时候很调皮？恰恰相反。她小时候除了邋遢和虚荣，实在没啥大毛病。她胆小怕事，老实巴交，并且热爱文学。

除了老师，李娟也没少给同学欺负。上小学六年级时有好长一段时间里，每天放学路上都会遭到男生伏击，害得她每天都得变换不同的路线回家。每天最后一节课的下课铃一响,便倍感绝望。

但是这种事说出去没人同情。大家众口一辞:"男生打女生很正常嘛,通常他喜欢你才会欺负你嘛,只不过为吸引你注意嘛。恭喜恭喜!"

恭喜个屁。你来试试这样的"喜欢"吧——一脚又一脚踹你胸口,抽你耳光,烧你头发……恶意满满的眼睛,咬牙切齿的神情。他就这么"喜欢"你!

关于老是被人欺负这件事,我一直想不通究竟怎么回事,自己怎么就令人讨厌到了此种地步?难道自己真的就那么糟吗?难道真的是自己有问题,才会被嫌弃,如此高频度地被伤害?

被欺负的那些日子拉长了我短暂的学生时代。几乎所有的人都渴望重返童年和青春,我却永不愿重历那种无助的孤独——除我之外,所有人都相安无事的那种孤独。

之后很多年的时间里一直被这些回忆所困扰,深感无力。被人欺负这种事,最大的恐惧并非源于伤害本身,而源于从伤口中渐渐滋生的宿命感。

直到前年,偶然和一个朋友谈到了这些事,才得到非常重要的提醒。

被人欺负,其实是双方面的事情,既有对方的恶意,也有自身的诱因。欺软怕硬是人性本能。当人们有怨气要宣发的时候，难免会选择最"安全"的施暴对象。而当时的我，家长远在新疆，没有兄弟姐妹，也没有什么亲戚。唯一的监护人——我的外婆，已经八十高龄。对她来说，能让孩子吃饱穿暖就足够了，实在无力顾及其他。我自己呢，又生性怯懦，萎靡邋遢的样子又特招嫌，加之受了欺负后总是选择忍气吞声。于是对施暴者来说，没有后患，真是再"安全"不过了。

"你要这样想——"那个朋友说，"你不入地狱谁入地狱？虽说你受了委屈，但因此避免了多少更惨重的暴力事件啊。要是那些小孩心里憋着气长大，肯定有心理问题，长大了肯定是个社会隐患。"

好吧……我这个人肉沙包真伟大。

除了老师和同学，还有一种暴力来自家长。

我外婆虽然善良乐观，但性情暴躁。弄丢文具、损坏衣物的下场可怕极了，她能连骂两三个小时不换气。

然而在外婆那里顶多是挨挨骂，到了我妈那儿就是皮肉之苦了。

依我看，挨谁的打都没有挨父母的打那么可怕。因为他们是世上最亲近的人，是柔弱的孩童时期的唯一依靠。

他们平时如此溺爱你，可一翻脸就另一番光景，其中也许有这样的暗示：他们平时对你的好可能是假的……这种猜想让人痛苦又惶然。成长真是辛苦。

总之单身母亲太凶残了。有一次她气头上的时候叫了我一声，我没答应，她就用酒瓶砸我。砸得我眉骨上缝了三针，至今留一道疤。

以下是大家的交流——

好友Y小时候锅盖没拿稳失手掉了，被她妈以连环拳打倒在地，再以连环脚猛踩。

好友F小时候有一次被她妈打惨了。情急之下，砸碎一只玻璃杯，然后光脚上去猛踩。看在她自残的份上，她妈这才住手。

好友W姐小时候挨她爸打，原因是她想找人借书，她爸担心她不还。一个只是"想"，一个只是"担心"，这打挨得冤枉。

W姐认识一小子，读书期间跟社会人士交往。他爸怕他学坏，把他吊起来揍。奈何鼻青脸肿也拒不认错。他爸就掏出刀子："今天不是你死就是我亡！"真的捅了！这小子立马改过自新。

我小时候邻居家的一个男孩被老师打得直接从教室窗

户跳出去逃命。教室在二楼。

总之，就挨打事件，大家争先发言，热火朝天，把在座的一个九〇后小朋友惊呆了，庆幸教育改革推行得较为及时。

最后，还是以我的故事压轴。

有一年回新疆插班上小学。一天班主任心情不好，课堂气氛非常紧张。这时隐约听到后排同学小声叫我的名字，我回头看了一眼。就因为这个小动作，被老师揪起来，命令我自己抽自己的耳光。之前说过，我小时性格懦弱，竟然照做了。自抽了整整一节课。途中抽打的声音若小了一些，她会提醒我她听不到了，要求再响亮一点。

下课铃一响，她一声不吭径直走了，我竟不知该不该停下来。同学们看着我，神情复杂，一个个离开课桌安静无声地向外走去。我这才把自抽的动作放缓放轻，慢慢停下，并哭出声来。那时右边脸已经肿得老高，耳朵嗡嗡响个不停，几近失聪。

回家后，我妈问我脸怎么了。我不敢说实话，撒谎摔了一跤。我妈脾气暴躁，我很怕她去学校吵闹。有这样一个泼妇妈妈会感到在同学们面前抬不起头。而且，根据以往的经验，她保护不了我。她只会大吵大闹出她自己那口恶气，然后烂摊子还是留给我自个儿收拾。

但很快我妈还是知道了。我的一个同学回家给家长说了这件事,刚好那位家长认识我妈,就跑来怂恿我妈去学校闹。果然,我妈怒不可遏,跑到学校大闹一场。结果与我想象的一模一样。同学们议论纷纷:她妈怎么这么凶啊?而那位老师,此后一逮着收拾我的机会便加倍地收拾,完了还阴阳怪气地说:"有本事再把你妈叫到校长那里告状啊!"害得我从此再受了什么欺负就彻底不敢让我妈知道了。

同后来在四川害怕放学一样,那段时间最怕的就是上学。每天早上醒来一睁开眼睛,恐惧感就满满降临。

从小就厌恶学校和学习,从小就在盘算辍学和离家出走的事情,但一直没有勇气——自己还那么小,离开了家和学校该怎么生存呢?想想看,小孩子真的很可怜。

初中一毕业,就向我妈提出不想继续上学的事。但我妈极其强势,提了几次后再不敢提了。直到上了高中,渐渐感到自己真的长大了,办了身份证了,绝对有底气出去打工赚钱、独立生活了,才在高三逮了个机会悄悄退学,跑到了乌鲁木齐。我妈妈气疯了。那是我对我妈第一次成功的叛逆。

至于那个班主任老师,记得她当时还很年轻,怀有身孕，大约是妊娠反应，才那么暴烈吧。可那时我才十岁，还是一个孩子呢。她为什么会那样憎恶一个小孩子？她肚子里怀着的不也是一个小孩子吗？她那小小的胚胎隔着母亲的肚皮能感受到这一切吗？他也会恐惧吗？他还会对这个世界有信心吗？……我永远不生小孩。

之前曾对一个朋友说起过这件事。她听完后说："李娟，你就原谅她吧。"

我当然可以原谅她。"原谅"是非常容易就能做到的事情。可是，我有什么资格去原谅她呢？这样的暴力和恶意，恐怕只有上帝和佛祖才能原谅吧。我只是一个凡人，我化解不了这种黑暗。尤其是我自己心里的黑暗。

2014 年

邻居记

隔壁家庭结构简单，只有母子俩。母亲非常年轻漂亮，儿子九岁，上小学三年级。

我们都是租客，同一个房东，房间也同样规格。平房，砖墙，不到二十平米。水泥地面，无天花板，裸着椽木。墙面粗粗拉拉，抹着石灰。房间正中砌了火墙，将房间一分为二。里间算是卧室。外间砌着炉子，是一家人吃饭学习日常交流的地方。和我一样，他们家除了里间的床、外间的桌子和一根长条凳，再无其他家具。不过他家多了一样装饰品——一大幅女主人年轻时的艺术照，贴在床边粗糙的墙壁上。没有暖气，冬天只能烧煤取暖。没有上下水，每天拎着桶到房东家打水，用过的脏水还要拎很远倾倒在院外。因电压不稳，除了头顶的电灯泡，房东不允许使用任何电器。此外无厕所，只有后院公用的旱厕。若是半夜突然……很不方便。加之地方又偏，怎么看都算得上是这个小县城里最便宜的住处了。我还好说，我单身汉，一个人生活，怎么着都能将就。可隔壁那位还带着孩子呢。不晓得他俩为何没有自己的家，为何甘守如此寒酸艰难的生活。不知他们有着什么样的故事。他们的身份看上去介于民工与市民之间，模样体体面面，说话大大方方，本地口音。

那小子是个自来熟，好在不是人来疯。打起招呼来热情得体，说话做事面面俱到，与人相处客客气气，一板一眼。浑身看不到一点孩子气。太神了。

尽管是早熟的孩子，挨妈妈打的时候，和世上所有挨打的小朋友一样哭得凄惨。妈妈呢，也绝不因他的早熟而客气，打起来也毫不含糊。通常每天都会打两次，一次在早上，一次在晚上。

早上往往因为他没有好好洗脸。这才多大个事啊！反正他妈先打了再说。

晚上挨打是因为算术题做错了，并且当妈的坚持是错的，儿子坚持没错。儿子边躲棍子边哭喊："你什么也不懂！……你不懂装懂！……凭什么你说我错了我就错了？"

他妈棍棒速度加快："你凭啥说我不懂？！我能有啥不懂的？"

两人都嘶喊追逐，都累得筋疲力尽后又坐到一起，研究下一道数学题。

好在这孩子到底还算性格明朗,挨完打往往不到二十分钟,就忘记了一切屈辱,"妈妈"长,"妈妈"短,说这说那,仔细与之商量柴米油盐的家庭大计,积极出谋献策,一点也不记恨。直到下次挨打时才想起一切,边躲边愤怒大喊:"你总是打我!你为啥总是打我?我做了什么坏事?我杀人了吗?我放火了吗?"

他妈一时词穷,只好加重棍棒力道,并一起大喊:"那你杀人去吧!你放火去吧!"

孩子到底还小,被打得招架不住了,终于开始求饶:"妈,别打了!我再也不敢了……"

他妈一听,打得更起劲了,又踢又踹:"不敢?教你不敢!我教你不敢!"

打完后,那边一片深深的寂静。很久之后,当妈的悠然地哼起歌来:"……沉默不是代表我的错,分手不是唯一的结果……"

儿子也跟着大声顺出下一句:"既然你并没有犯错,为什么还要躲着我?……"

两人尽释前嫌,一起快乐地唱。

这首流行歌平日里听着恶俗至极,但被这母子俩一唱,感觉格外有味。

唉,墙壁太薄,一点也不隔音。

今天，那倒霉小子又挨打了。他妈妈说"固执"的"执"字是木字旁，这小子硬说是提手旁。谁教他非要和他妈争呢？

最奇怪的是，这小子也不知是啥做的，特经打。都打成那样了，也从没见打死过一次。

2010 年

藏钱记

突然有一天,我妈开始写日记了。她老人家的第一篇日记记录了下面这件事:

话说她出远门回家,包里还剩八百块。农村生活花不了什么钱,这笔巨款天天揣在口袋里感觉不方便。又不放心,又懒得去银行存。于是,她便把钱藏了起来。

事后我骂她:"自己家里藏什么钱?你防谁呢?"

她说:"万一有小偷呢?"

我说:"有点出息的小偷都跑大地方发展了,红墩乡×大队×小队有什么好偷的?"

她不服:"万一有强盗呢?"

我:"你醒醒吧!"

她:"万一有逃犯呢?听说这种人专往偏地儿走,若是走投无路撞进来……"

我:"——那就赶紧把钱给他好了,就当八百块钱买了条命。你想想看，要是你把钱藏死了，让人家一分钱没落着，小心他恼羞成怒……"

她悲哀极了："我也宁可把这八百块钱送出去呀，就算给了逃犯也比白白弄丢了强，好歹还能落个人情，万一二十年后人家来报恩……"

我："你醒醒吧！"

总之，当时她把钱藏了起来。

在藏东西这方面，我妈本领高强，简直可以干地下党。

说到这里，顺便插播一件往事。

当年我在地委上班，离家三百公里，回家一次需倒两趟班车。有一天上班时突然接到我妈的电话，电话那头有气无力，要我立刻回家。原来她病了，而且病得不轻，都开始交代后事了。

她说："要是我有什么三长两短，你回到家，推门往左转，门背后架着碎麦子麻袋垛的那排木板下有一只破纸箱，上面盖着几件旧衣服，下面有八千块钱……然后你继续往里走，仓库尽头通向鸡窝那扇门背后有一个放着破钉子烂螺帽的锈铁盆，你扒拉开，里面有个塑料袋装着两千块……你再推开门往里走，鸡圈西墙角的铁皮炉子后有一个大灰坑，你扒开，里面有一大包零钱……你再出门向东……"

我火大了："给我说这些干嘛！赶紧把钱搜罗搜罗去治病吧！"

等那件事情告一段落后，我教育她："藏到那些个旮旯角落的地方，也不怕给老鼠啃了？"

她很有信心："不会，我只往粮食和饲料旁边藏。老鼠可不傻，钱哪有粮食好吃！"

我又说："那你不怕藏丢了？还分成了好几拨儿！"

她还是有信心："万一小偷上门，他找到其中一拨儿钱肯定就撤了，哪里想到后面还有机关！"

"藏哪儿了你都能一直记着？"

她更有信心了："能！"

结果，这一次忘得精光。

她说："每天一闲下来我就到处找。在门边找的时候就抱着门哭，在炉子后面找的时候就抱着炉子哭……每天哭好几遍。晚上睡觉前还要仔细地回想一遍，边想边哭……×他妈一点线索也没有。"

尤其是到了该用钱的时候，她进城跑到银行排队取钱，边排边哭。她哭着说："我还用排队吗我？我本来有那么多钱的……×他妈怎么就找不到了呢……"

那她到底把钱藏哪儿了呢？

终于有一天，老人家一觉睡醒，电路接通，火光一闪：藏垃圾筐里了！

农村生活里产生的垃圾不多，厨余残渣都喂鸡喂鸭了。包装袋纸盒子什么的填炉子烧掉，牛粪鸡粪沤一冬天后成为肥料全铺进菜地里。因此，我家客厅那个塑料垃圾筐相当于一个装饰品，永远装着一点点上半年的瓜子壳和几片碎玻璃。

老人家把钱用破报纸裹巴裹巴，塞在筐底。低调极了。

等想起来的时候，已经过去了一个月。

这一个月里，发生了很多事情。

首先，她把垃圾倒了……

说到这里，还得描绘一番我家特有的垃圾堆。

我家西边杂物间门口地面上挖有一个菜窖，又宽又深。我家人少，用不着窖过冬菜，便一直空着。菜窖口半敞着，害得我家的鸡鸭猫狗三天两头掉下去，我们得时不时地组织营救，非常闹心。加之地窖旁的砖房地基有下沉的趋势，我妈便决定把它填了。

用什么填呢？

是的，垃圾。

…………

前面说了，我家垃圾不多，最大宗的项目就是煤灰，还有偶尔一点点瓜子皮玻璃碴……要是我妈能及时想起来，那八百块钱绝对有救。

倒完垃圾没几天就刮大风了。

时值晚秋，无边落叶朔朔而下。大风一起，远远近近的枯叶挤地铁一样涌进我家院子，堆积在迎风面的墙根拐角处。风停的时候我妈出去一看，西边小房都快被埋了三分之一。

遇到这种情况，一般人家会拢成堆一把火烧了。可我妈心血来潮，扫起来直接往地窖里填。

填完一看：不好！这个预计能使用五年的垃圾坑眼看就要满了。于是，她顺手扔进去几块烧红的煤……

这把火烧得很有效，直到第二天地窖口还在冒青烟，原本满当当的地窖果然腾空了。

而我妈的电路，就是这时给接通的……

哭也没用了。我妈扛起半副竹梯子就往地窖那边跑。

事后，我说："都烧了一整天了，还能掏着个什么？"

她说："万一没烧透呢？再说扔进去钱以后，不是又倒了几天煤灰嘛，我想着煤灰层应该有防火效果吧？"

于是她怀着认罪的心，开始了更为艰巨的寻钱之旅。

说起那副竹梯子，又轻巧又结实，是我妈的心头爱。

只可惜春天化雪时给屋顶上滑塌的冰块拦腰砸断了（冬天我俩谁也不敢上屋顶，从没扫过上面的雪。于是雪堆压了一个冬天，又在倒春寒的季节里反复解冻、上冻，渐渐形成厚重的冰块），所以说是"半副"。

她把梯子从地窖口伸进去一比画：糟了，太短，上下都够不着。

我家另外还有一副梯子，长度应该是够了，可惜是生铁焊的，死沉，两个人才能扛动。

那段时间我不在家，她老人家生拉硬拽，硬是把铁梯子拖到地窖边，然后竖起来，手一松，梯子笔直掉下去。

只见梯子底端深陷虚灰之中……上端还是够不着窖口……

事后她说："没想到底下那么松！"

我说："刚烧过的草灰有紧的吗？再说梯子重，下端的铁棍尖，你不知道什么叫'压强'？"

于是我妈又开始拯救梯子。她把一只抓钩系在粗麻绳上，探到窖里钩住梯子上端，拼了老命才拽上窖口，又拼了老命才将其拖出菜窖。

她说："我边拖边想，这要卖废铁的话，能赚多少钱！"

两个梯子都用不了，怎么下去呢？

我妈不是一般人，她把家里所有的麻绳搜出来，开始结绳梯……

因为没有亲眼看到,我不知此绳梯具体构造如何,总之这次成功了,她下到了窖底。

她说:"脚一落地,鞋子就陷得没有了。"

总之她在坑底稳住身形,用铁锨挖啊挖啊挖啊……

她说:"呛死老子了,幸好戴着口罩!"

好吧,八百块钱的事至此结束。她已经尽力了。

之后,有半年时间,她老人家一惹我生气,我就搬出这件事来打击她。非常奏效。

2014 年

风华记

2001年冬天，我在一家寻呼公司求职时认识了风华。我们太穷，为了省钱，凑合着住到一起，起灶搭伙。她是回民。若我在外面吃过汉餐，再回家和她用同一副锅碗吃饭，吃完没一会儿，她保准又吐又泻。真的，每次都这么神奇。害我后来不敢在外面吃猪肉了。

我们合租的房子没有窗户，小小的一间，很黑很黑，进门必须得开灯。优点是房东家的暖气烧得足，我们把洗过的内衣晾在暖气片上，半夜给烧煳了。

走廊对面住的几个女人在夜总会工作。她们白天睡觉，晚上上班。她们总是穿戴眩目，令当时的我纳闷极了。看她们这副光景，不像没钱的样子，怎么也住这种地方？

当时风华同学在一家音像品批发超市打工，月工资五百，交通费和伙食费自理。她实在感到前途灰暗，于是下班后在住处附近的夜市摆地摊。先是卖油炸蚕豆，批发了一大袋。我实在不知那有什么好吃的，居然也卖完了。算是风华的第一桶金吧。

接下来她又卖饮料，批发了一大箱，名曰"高橙"。2.5升的超大桶，两块钱批发，四块钱零售。肯定是假的咯。我们自己都能看出来，更何况顾客。于是到头来只卖掉了两瓶。第一桶金算是赔了进去。

虽然是假的甜味黄色水，毕竟是花了钱买回来的，剩下那十几瓶我们舍不得扔，只好自己拼命喝，喝了好长一段时间才喝完。令人诧异的是，这种伪劣到极致的饮料，拧开盖子，居然也能喷出一股气儿，居然还压了点碳酸进去。才两块钱啊，制造商得下多大的本钱……

那时风华二十一岁，白天去乌烟瘴气的商贸城打包、装货，晚上回家练摊儿。没有青春。每天带一只老干妈的玻璃瓶上班，里面装着头天晚上煮的稀饭，稀饭里泡两根榨菜，算是午餐。没有奇迹。

后来我去了一家广告公司上班，相比之下算是体面的营生，却仍然过着多年不变的穷日子。每天穿过半个城市徒步上班。当时风华也换了工作，她打工的地方离我的公司不远。有一天下班，特意陪我走了一趟回家的路，可把她给累劈了，便非常同情我。她虽然吃不起午饭，总还坐得起公交。

是的，我坐不起公交，也吃不起午饭。有几次她轮休时便在家做了饭给我打包送来。几乎每次都是西红柿炒鸡蛋。我之前不喜欢吃这种菜，之后也不喜欢。但就在当时，喜欢得要死。

我们这里的回民普遍早婚。很快，她在家人的安排下相了亲。我偷偷过了下眼，感觉是个腻腻乎乎的家伙，没啥出息的模样。便悄悄劝她放弃。她当时也信誓旦旦，说怎么可能跟这种人过一辈子？……结果，两人第一次约会就彻夜未归，害我一晚上提心吊胆，不知是先杀后奸还是先奸后杀。

第二天早上这妞儿才回来。原来两人在人民广场的纪念碑下默默坐了一个通宵。不愧是初恋。

得知贞操还在，我继续吹风，说尽那小子的坏话。她也继续信誓旦旦，每次都保证"明天就分手"。然而有一天，我突然提前回家，两人衣冠不整从床上跃起。我叹口气，事已至此，罢了罢了。

他俩结婚时何止"家徒四壁"，根本连个家也没有。所谓新房，只是一处简陋得令人心酸的郊区废弃厂房。婚后，两口子到火车站附近支摊卖快餐，渐渐地日子能过得了，却很快怀了孕。妊娠反应很大，只好关了店回娘家养胎。那时我已经回到了阿勒泰，带着九十高龄的外婆一同生活，仍然穷极。2005年的冬天还去看过她一次，倒了好几趟车才找到她所在的村子。那时孩子刚出世不久，健康可爱。我记得很清楚，那一天正是大年三十。这两口子虽然不过汉族年，还是想法子给我煮了一锅体面的羊油的油渣饺子，算作年夜饭。好吃极了。大年初一我就走了。

然后发生了一些事，我们彻底失去了联系。

再然后，就收到了她的一封信。

我失去过很多朋友，但从不觉得可惜。既然渐渐发现了分歧，有了争吵，有了误解，再交往也是无益。更重要的是，缘分尽了，他们加于我的力量渐渐弱了。他们抓不住我了，便被我抛弃。

而风华不，我离不开她，她似乎是我永远的一个依靠。她最坚强。我能记得她那么多的事，她受过的那么多的苦，她的那么多的绝望，她自己都忘了我还能记得。当我软弱无能的时候，想想她，便感到光明。人活在世上，无非坚持罢了。谢谢亲爱的风华。

以下是她写的信：

猪，我千辛万苦的好不容易找到了你。

自从 2005 年，你到我那租借的破烂房子去过后，我们再也见不上面，我以为我们的缘分可能到那就结束了。因为那年的秋天，我们两口子手里实在没钱，没法在那生活下去。八月底，我们把不到九个月大的儿子托给了我妈，然后去捡棉花去了。赚了几千块钱。回来后，由于其他原因也没在那个村子呆，我们去了米泉，开始了地摊生涯……那时，我就在不经意间想起你，想起当初我在你那个大湾的小出租屋里住着，吃着榨菜，好像还很得意的样子。就经常去网吧搜你的名字，但搜出来的李娟都不是你。我因为生活的艰辛和忙碌也把你渐渐地淡忘，只是偶尔和同学聚会时，给曾经见过你的那两个能经常在电脑前工作的同学，说让她们帮忙找找看，可是也一直没有音信。

到 2007 年，我们的条件开始转好，到 2009 年底我们开了自己的小店。今天中午我那个以前和我们一起在大湾住的同学给我发微信说在报纸上看到了你，不知道是不是你。那时你不知道我高兴成啥样了！我就让她把照片发过来，我一看高兴得都跳起来了。后来到处找报纸，一直走到华凌车站才买到报纸。当我看到报纸的那份傻样，你不知道，现在想想是不是别人应该把我当大猩猩看！

我回来赶快上网一查,搜罗到你的所有信息,主啊!你不再是以前的你了,已经强大了。我本想你可能还在阿勒泰,还和你妈妈过着那种无拘无束,蓝天白云的日子。等我联系上你,要第一时间赶到你那,请你出去好好吃顿大餐,毕竟现在也是个小老板嘛。

2013 年

飞机记

有段时间我和好友二娇几乎每天都会煲一两个钟头的电话。有一天我们聊起坐飞机的事,挂了电话仍兴致不减,顺手发了四条微博:

之一:1978 年,二娇第一次坐飞机。富蕴县飞乌鲁木齐市。票价 50。无空服。飞到一半,戴着风镜的飞行员出现在乘客间,抱着一个大糖罐,给每人抓了一把奶糖。

之二:二娇说,当时飞机是小型双翅的,就两排座,乘客面对面坐着,背靠舷窗,中间是通道。座椅是窄木条钉的,木条间隙很大,跟公园里的条椅一样。二娇当时很纳罕:飞机这么高级的东西,为啥装这么简陋的椅子?然而再想想又释怀了:木头轻嘛,如果木条间隙大了就更轻。这样,飞机飞在天上就不会那么重了。

之三:一件真事:有一次哈萨克诗人努瑞拉大姐赶飞机,去晚了,安检已结束,飞机已在跑道上慢慢滑行。但大姐一着急，不知怎么的居然闯过安检，奔向停机坪，跟在飞机后狂追（阿勒泰是小型机场，没有登机廊桥）。边追，还解下头巾高高挥舞、呼喊。然后……飞机真的就停了……登机后，满飞机的人都笑她："你当是打的啊？挥挥手飞机也为你停下来了。"

之四：也是真事：有一次李娟去阿勒泰机场送人，不知怎么的，送着送着居然送过了安检，一直送到飞机底下……那时一同去送机的朋友们都准备离开了，上车时才发现少了个李娟。到处找。最后有人隔着停机坪的铁丝网看到李娟正在飞机下舷梯边，冲上面的人挥手作最后道别……大家大惊：莫非李娟个子太矮，被挟裹着登机了？

——这四条微博一发，反响剧烈，网友踊跃留言。没想到坐飞机的故事这么多。

以下为网友精彩回复：

@周郎315：2009年，也是阿勒泰机场。快降落时想拍两张空中雪景。正欲起身，空哥过来制止："不要乱动，影响飞机平衡！"

@graffiti-乱涂鸦：2004年坐飞机回伊宁，下了飞机找行李。按指示出了楼，四下张望，但见墙根的土地里立了块破烂木牌，写着"行李提取处"，却并无行李。正怀疑时，见一台拖拉机（是的，拖拉机）在滚滚红尘中驶来，停在木牌处。一精壮男孩将拖拉机上的行李箱扔下来,激起尘土一片……

@大漠儿:在伊宁过完安检,站在出口位置候机,晒得要命,像等公交。飞机已经准备收起起落架,有乘客才开始跑过来。

@普布曲桑:记得有个驻华的美国外交官回忆七十年代坐中国航机从广州飞北京,结果半路上落在合肥。老外惊问为何,服务员答:"机长饿了,合肥机场的面条做得最好吃。"该老外说至今他还记得当时内心的激动:"真是童话般的国度!"

@菜园龙哥:1979年在新疆乘支线,乌鲁木齐飞阿克苏,驾驶舱和客舱无间隔。中途要落地,看见前面争执起来,一个端着地图说在这里,一个指着下面说在那里……那时一票难求,买票时排在我前面的哥们儿说是新华社的,售票大姐说我管你哪个供销社的,没有就是没有。

@鲍老鲍:向毛主席保证,俺在九十年代从深圳飞合肥,每次都可以提上满满一桶螃蟹或者花蛤(活的)登机。俺那时大清早去菜市场采购,当天返回,在内陆享受海鲜。

@小瓷狗:同事讲的亲身经历。也是八十年代飞西北的航线,小飞机。飞到一半,见机械师拿着工具箱出来,一言不发,打开一个检查盖开始修理。登时全飞机的人都不敢说话了。机械师镇定地修了十多分钟,然后盖上盖回去。

@丽端:我家邻居大叔以前坐飞机旅行结婚。飞到半途乘务员给大家发了纸笔,叫写遗书……从此对飞机产生巨大阴影。

@雅语独喃:我爸有一次坐飞机写了两次遗书。

2011年

滑雪记

十多年前阿勒泰市刚刚开设第一家滑雪场的时候，我的朋友橘子迷上了这项运动。且不说技术有多好，那份热爱是扎实的。每逢节假日，这姑娘一大早出门，怀揣两个馍馍。人家滑雪场刚开门就等在售票处了，然后一直滑到人家下班为止，把买票的每一分钱都落到了实处。

当时一张票二十块。为啥这么便宜呢？因为人家还要再赚你一顿饭钱。滑雪这项运动特费体力，滑着滑着就饿了。而滑雪场设在郊区，前不着村后不着店，除了滑雪场的餐厅，再没别处吃饭的地方。

可是，我们的橘子同学有馍馍！滑雪场硬是没占到她一丁点儿便宜。

记得那一年我也去滑过一次。可惜只滑了一圈就把两条腿齐刷刷摔断了。重点是只滑了一圈！要是滑他个十圈二十圈，玩过瘾了再断该多好……

当时，事情发生得太突然了。"嗖"地滑下去，"嗖"地就断了。我躺在雪道中央，欣慰地想道：总算可以向单位请长假了……请假是我多年来的愿望，却一直没有机会。

总之我躺在那里一动也不能动。大家一边笑我装死，一边从我身边嗖嗖滑过。橘子同学笑得最响亮，还踹了我一脚。

当时，同去的一个十岁左右的小孩子也出事了，下滑时冲出了雪道，一头撞到石头上，雪橇板都撞成了两截，可人没事。

我呢，腿都断了，雪橇板还好好地套在脚上。真丢人。我连人家十岁小孩还不如，我连块雪橇板还不如。

后来我被朋友们送去医院，石膏从脚脖子一直打到大腿根儿，跟拖着两根假肢似的回家了。每天只能仰躺，无法侧卧。不到一个礼拜就躺成一张照片，摊得又薄又平，屁股和后脑勺都躺麻木了。然而，经过我的不懈努力，终于在第三个礼拜将膝盖后面那部分石膏弄松了，直至弄断。睡觉时总算可以微微蜷一下腿、翻一个身。好景不长，去医院复查时，被医生痛斥"胡闹"，又重新给我打了一遍石膏。这回打得比上次还结实。

当时有个男孩正在追求我,他跑来看我,还抱我上洗手间。然而没几天他就放弃了这段感情。他抱我抱得双臂韧带拉伤,胳膊都打不了弯儿。我很担心他也得打石膏。

一个月的时间里我天天躺着。出于寂寞,开始画画儿。同样出于寂寞,画技突飞猛进。还写了好多诗。当然了,所有的创作全都在我的两条石膏腿上进行。来探病的朋友就掰着我的腿从上看到下,然后要求我翻个身,转到后面再看,然后问我,后面是怎么够着的?

后来去医院拆石膏时,医生也欣赏了好半天,还招呼隔壁科室的医生过来一同欣赏,然后才给我拆。

顺便说一下滑雪场的缆车。

印象中此类缆车极为气派,传送履带上挂着一排一排的长椅。游客滑到雪道终点后,再观光一样坐着缆车返回山顶上的起点。

可在我们阿勒泰,滑完雪后,要么脱了雪橇板一步一步爬回山顶,要么就骑马桶塞子……

那真的是个马桶塞子!大小、颜色一模一样。也就是一根棍,下面套个圆形的碗状橡胶套。

人家女巫再不济骑的还是根扫把呢,扫把都比马桶塞子体面。

话说这些马桶塞子一根一根挂在雪道上方的履带上，一圈一圈地运行。游客们站在履带边，一有空着的马桶塞经过，就赶紧捞过来，往胯下一夹，抓紧马桶塞的杆子，被橡胶套勾住尊臀，被缓缓带向那眩目的山顶，那光荣的起点。

骑马桶塞子还需一定的技巧，必须得沉着冷静。一着急一慌乱，就容易被马桶塞绊倒。绊倒也就罢了，还会被后面跟上来的马桶塞捶一记后脑勺。

这么寒碜的滑雪场，难怪一天二十块。

不过，这是近十年前的事了。现在阿勒泰的滑雪场岂止高大上，放到瑞士去都不掉价，而且价格仍然很便宜哦。

嗯，冬天快要来了。阿勒泰的冬天长达半年。便想起了这些事。

2013 年

老师记

我的初中班主任当年是全校出了名的毒舌。我们班八十多个同学，没有不被他挖苦过的。还给每个同学都取了外号。比如说李娟，他管她叫"猪头小队长"。

据同学燕子回忆，他有一次表扬班上一个小个子男同学："李某某啊，你千万要自信啊！其实你真的还是可以（不错之意）嘞，就是个子矮了点瘦了点头发稀了点黄了点鼻子塌了点眼睛小了点牙暴了点脸上雀雀（雀斑之意）多了点脑壳木（蠢之意）了点人哈（痴之意）了点——总的来说，还是可以嘞！"

但大家二十年后聚在一起谈论这个老师时，无不充满感激，认为他除了骂人比较难听，总的来说："还是可以嘞。"

这次回老家，我约了一个老同学去看望他。他早已退休，过着朴素简单的生活。住顶楼，家徒四壁，门前醒目地大写提示小偷的标语:"这家人没有值钱又轻便的东西。"

然而却养着萨摩耶!居住面积高度紧张,狗窝只好设在床底。因此他老人家的床腿垫得老高,足有八十公分,比一般的餐桌还高。家里紧窄,放不下多余的凳子,他招呼我往床上坐。可我的腿顶多七十公分长。

老师当然是关心学生的。交谈中,他仔细询问我俩的现状,像当年一样帮我们分析人生。

先由同去的女生开始。这个同学性格开朗和气,长居上海,单身,这次回老家是为了相亲。

老师和她聊了很久,了解到许多她的想法和实际情况后,下了结论:"相什么亲!千万别找我们乐至县的男人,千万别回来了。要找就在上海本地找,或者江苏浙江一带的男人也可以。"接下来,他三百六十度无死角地把乐至男人狠狠批判一通,文采斐然,条理分明。最后整个乐至县的男人都在他三寸舌尖上全军覆没狗屎不如灰飞烟灭。

完了,掉头望向李娟:"你呢?你的个人问题解决了没有?"

我说:"还没……"

他老人家大手一挥:"你啊,就找个乐至县的男人吧!"

"……"

关于这个老师,同学老罗说起一件事。有一天正上着课,他突然走进教室,问:"你们都在干什么?"

我们:"学习!"

他说:"学个铲铲!外面下雪了!赶快出去耍!"

我们欢呼,轰地冲出教室,玩了个痛快,把正在上课的老师气得脸刷白。

我也记得一件事,当时的初中部每星期只有一节音乐课和两节体育课。他想方设法为我们争取到了两节音乐课和三节体育课。他说:"孩子们现在正是变声期和发育期,要多跑,多唱。"为此得罪了两个主课老师,因为调换的是他们的课。

他还经常组织我们去乡间远足。一遇到堰塘就鼓励我们下去玩水游泳。那样的水塘一般又小又深又浑浊,我们在这边泡着,肚皮滚圆的水牛在另一边泡着。有时下着小雨,乡间小路陡峭湿滑。在那样的路上没走一会儿,每只鞋子下都拖了足足两斤重的黏泥。于是我们脱了鞋袜前行。细腻的淤泥从脚趾头缝里顺滑地挤出来——那样的体验今生永远不会再有了吧……

当时,别的班从不组织这样的活动,家长怕出事故,老师怕担责任。

回想起过去,老师有些动情:"李娟,我早就看出来,你从小就与众不同,想法独特。美术课自由画画时,别的同学都只会画个小猫小狗小房子,只有你画的是大海、风帆和海鸥,还有天边的月亮……那时候,我就知道你志向高远,非同寻常……"——拉倒吧,那为啥还管我叫猪头小队长?

这次回乐至县,老同学老李带我去了少年宫。令我吃惊的是,乐至县几乎整个儿都改头换面了,少年宫却还是原来的样子。当年,老师提到过的我那幅大海的画曾经在里面展出。当时正是这位班主任老师的强烈推荐甚至是强烈要求才被选上的。那是一个全县的中小学生书画展,我的画在一楼大厅挂了好长时间,在当时的记忆里简直有许多许多年那么长。在假期的漫长时光里,我常常一个人跑到那里去看我的画。那个大厅似乎从来都不关门,不上锁。我一个人走进去,沿着展道熟练地东拐西拐,在最尽头的角落里找到我的画,长时间地抬头看……当时,它几乎是我的唯一荣耀。

坦率说,我画得并不好,尺寸也小得可怜,比 A4 纸还小。和其他几幅同样无趣的小尺寸作品凑数一般缩在角落里。而展出的其他作品动辄一米多宽,气势汹汹,构图画技各种高大上。唯一欣慰的是,虽然绝大多数作品都比我强,但还是有几幅明显不如我,至少我不是垫底的。

这么笨拙胆怯的一幅画，我才不信我那位老师能看出什么玄机来。我想，更多的，只是他善意的鼓励吧。他就是那么善良，无所畏惧、竭尽全力地善良着。

2014 年

奇梦记

之一：

地震之后，我独自在残垣瓦砾中挖掘。这时邻居来找鸡，说可能埋在我正挖的废墟之下。我掏出一副极小的眼镜，问：这是你家的鸡戴过的吗？之前刚挖出来的。

他喜极欲泣：正是！看来就在下面！

我说：好的，一挖出来还给你。

后来他来讨鸡。我说：西头另一家邻居拿走了。

他怒道：那是我家的鸡！

我严肃道：我仔细看过了，那只鸡不可能是你家的，它没长耳朵，戴不了眼镜。

之二：

一只拳头大的田螺在我家的牛鼻子上慢慢爬。

我妈说："看，田螺在和牛亲嘴。它俩关系好。"

我说:"田螺明明很害怕好吗?你看它直发抖。"

我家的狗说:"快去救它!牛一伸舌头就把它给舔吃了!"

在我们家,向来是狗说了算,于是我和我妈就去救田螺。

原本我们觉得牛吃掉田螺是很合理的事,毕竟牛是咱家的牛,田螺又不认识。但听狗这么一说,又发现潜意识里其实一直偏向田螺这边,它看上去怪可怜的。

救下田螺,扔给狗:"呶,是你非要救的,你拿去放生吧。"谁知狗扭头走了。

我只好亲自去放生。不远处是条小溪,我挥手一扔,偏了,扔到岸边,激起尘土一片。田螺打个滚儿,翻身起来,大踏步冲向溪水,纵身一跃而入。我都替它感到畅快。

溪流对面是一长溜儿石阶,蜿蜒通向坡顶。田螺在水里晃晃身子,洗去软肉上的土石渣滓,上了台阶。

它为什么不留恋水?

那么高的台阶,它得爬多久啊?

接下来我发现自己想错了。它不是蠕动着爬行的,而是一步一个台阶,三两下就走到了台阶尽头。毕竟它是只大田螺。

然而我又对自己的判断力产生怀疑。这比例不合逻辑啊？二十公分高的台阶，若是一步跨一级的话至少得一米高的体型啊，可它明明就拳头大……

我涉水而过，跟着它上了台阶。台阶尽头是一条青草夹簇的小路，有一只鸭子站在路口。田螺走到它身边。仿佛有什么约定一般，它们沉默相向，又像在共同等待着什么。

这情景令我猛然伤心。我扭头就走，回到溪水边，站了一会儿。这伤感却愈发强大，很快全面控制了我。我想大哭一场，想逢人就倾诉一番。可是倾诉什么呢？就倾诉那幕情景吧：一只田螺和一只鸭子，静静地站在一起。

我空虚地四处徘徊，又忍不住拾阶而返。鸭子和田螺沿着小路缓缓走远了。我还是想哭。还是哭不出来。像从高处跌落的人经过了一根救命稻草，却没能抓住。

之三：

我杀人了。我好像是在一场战争中杀人的。他们一批一批拥上来，我趴在一处低矮的障体后面，瞄准一个，"叭叭"两枪，再瞄准一个，再"叭叭"两枪。我发现，两枪才能打死一个人。要是只开一枪的话，哪怕打中了，那人也跟没事儿似的。但我顾不上奇怪了。我只有一把枪，而对方那么多人。他们离我越来越近，越来越近，终于顶着我的枪弹逼到了近旁。他们全拥上来,和我们坐到一起开会,并且轮流发言。最后有一个人开始做总结,他的总结实在太长了,我便趁机悄悄起身溜掉。

我没忘记我杀了人,没忘记逃。他们那么多人,一定很快就会找到我的。我跑得飞快,一看到河就跳下去。河那么浅,居然也把我浮起来了。我浮在河上,一会儿往下游漂,一会儿往上游漂。我想,这下好了。因为我知道他们带有猎狗,我跳进河里,狗就嗅不到我的味道,没法追踪了。

估计差不多是时候了,我飞一样上了岸,飞一样地跑。我知道他们快要追上来了。我脚下是爬不完的台阶,道路一会儿向左转一会儿向右转。后来我到了最高处。我知道他们一定会向右边追,便向左边跑。那有一条向下延伸的路。我一边跑,一边飞。我知道此时他们正在爬我刚才爬过的台阶。

我先往人少的地方跑,再往人多的地方跑。我不停地换衣服,一会儿是男人,一会儿是女人。有时候追我的人距我三步之外,有时候距我一只手臂那么远。他一伸出手臂,我就在不可能的地方拐弯。有一些时间里我的双腿消失了,还有一些时间里我消失得只剩下双腿。

我不停地拐弯,但从来没有撞上墙壁。马上就要撞上墙壁的时候，这墙壁上突然出现了门。我猛地推开门冲进去，冲进了医院里。我不停地穿过一个又一个病房，在最后的楼梯拐角处，发现一扇狭小的门后面非常隐蔽，就挤身进去。门一下从身后砰死了。我进去的地方窄得仅容我一人转身，那里竖放着几只又长又细的氧气瓶。上面有天空。我感到好久没有见到天空了。我跳了起来，又抱着氧气瓶滑下来。那些氧气瓶有三四米高，却还没有我的手腕粗。原来它们不是氧气瓶，只是几根铁管。我想要从那里出去，我就出去了。

我出去的时候不小心出现在一家人的卧室里。男的正裹着被子在床上呼呼大睡。我向他问路，问如何去往最近的街市。他热情洋溢地告诉了我。我从他的卧室走出去，穿过他家客厅。他们一家人正围着电视看奥运会直播。我拧开防盗门出去，一脚就踩在人来人往的大街上。

我又一次投身奔跑之中。才开始，我穿过人与人之间的空隙奔跑，后来，穿过每一个迎面而来的人的身体奔跑。追我的人又渐渐近了。我发现我手里拿着很重的东西，就扔了。那个东西一掉到地上就绊倒了一个人。我不用回头也知道正是那个追我的人。我拐了个弯，冲进乡村才有的大地。我发现自己很了解这里，这是我的故乡。我熟悉地穿梭在田间小路上。经过童年居住过的房屋时，我没有进去，我知道他们正在里面等着我自投罗网。我跑过山坡，再跑过一个山坡，再跑过一个山坡，再跑过一个山坡，再跑过一个山坡，再跑过一个山坡，再跑过一个山坡，再跑过一个山坡，再跑过一个山坡，再跑过一个山坡，再跑过一个山坡，再跑过一个山坡，这才终于跑到一个完全陌生的地方，这才松一口气。

我要爬一座最高最陡的山，因为他们带着狗。我要爬一座狗都爬不上去的山。正巧眼前就有这么一座。我便努力地爬，爬到半中间才发现实在太难爬了。此时我上不去也下不来。我抓住的每一块石头都是活动的，脚下踩的每一块石头都正在往下塌，上面还有石头要掉下来往我脑袋上砸。这时有两个小孩救了我一命。后来我才知道他们一个七百八十岁，一个六百六十岁。我跟着他俩来到山顶，原来他们家就在山顶上。他们的爸爸妈妈不在家。我们三个一起玩耍，爬到他家高高的橱柜上嬉闹。橱柜上积满灰尘，摆着过去年代才有的摆设。我们不小心把一个瓷器碰落在地。但它没有碎，一路滚到门口。门开了，有人进来了，一脚把它踩碎。

我们只顾着为那些碎瓷片惊呼，忘了注意来人。等想到看看是谁来了时，又发现其实从来都没人进来过。

两个孩子原来是我童年的伙伴，我们熟悉地聊着昨天发生的事情。这时他们的爸爸妈妈回来了，在隔壁大声说话。两个孩子跑了过去，把我一个人留在房间里。我突然想起来，我差点忘了自己是一个杀过人的人了！这时才发现门被反锁，那些追我的人就在隔壁和他们一家四口谈论着什么。我趴在墙壁上听，什么都听到了但是什么都听不明白。我便消失在我自己的衣服里。很快一群人冲了进来，只发现我摊在地上的一堆衣服。

我在山顶狂奔，跑着跑着碰到一条公路。原来路刚刚修通了。从此以后，要上山的人就再也不必像我在不久前那样狗还不如地攀爬了，也再也不用等着两个小孩来救命了。我顺着路跑，后来才发现上了当。这路笔直把我带向了我最不愿意见到的人……原来这条路正是追我的那些人临时赶修出来的。只见他们整整齐齐地坐在路尽头等着。我却停不下来，怎么也停不下来，一直跑到跟前才刹住脚。那么多的人，全围拢过来。我跑不掉了，这回再也跑不掉了……这时——

为首的那个人严厉地对我说："你为什么要跑？"

他又说："一跑就是大半天不回单位，耽误了整整一上午的文件传递和报刊分发工作，害我们所有人整整一上午都没有报纸看！"

2004 年—2016 年

野猫记

我家养过很多的猫。仔细想想，与其说是我养着它们，不如说是它们某天碰巧路过我家，探头一看，猫窝猫食猫砂都是现成的，便凑合着住了进来。有来过冬的，有来消夏的，有来过夜的，有来借厕所的，有来求偶的，有来寻仇的，有来疗伤的，还有来生仔的。我家俨然成了一个喵星人同乡会暨野猫会馆。由于没法颁布管理条例，整天满房子喵来喵往，你追我赶，上蹿下跳，把家里的几条狗都快烦死了。

话说前来生仔的那位最可恶。平时在镇上浪迹江湖，逍遥快活。一旦闹大了肚子，到快临盆的那两天就在我妈赶集必经的路口蹲守。一看到我妈，远远迎上前，蹭裤腿，舔手指，极尽谄媚之能事。能尾随我妈走两里地。我妈无奈，只好抱它回家。

到了我家，它矜持而有礼貌。见到牛也打个招呼，见到鸡也点点头,见到狗赶紧上前握手。拖个大肚皮,把周遭原住民统统问候了一遍。夯实人际关系基础后,才吁口气登堂入室。

我翻出一件旧毛衣垫在一只柳条筐里,给它准备了一个五星级猫窝当作产房。结果人家还没看上。嗅嗅,满脸的嫌弃。我想可能这件毛衣太粗硬,又去找细软一点的。等找到一件旧T恤,一转身,它已经在我的床上——我那铺着松软被褥的床上生了两只仔了!入驻我家还不到半小时!

我惊且怒,冲过去将它一把拎起来甩进柳条筐,又捏着两只湿答答滑溜溜的小肉团塞进它肚皮下。然而十分之一秒后立刻后悔:下手是不是有点重了?……虽然弄脏了我的床,人家毕竟正在生产啊。而且听说刚出生的猫仔不能随便碰的,若粘上异味儿会被母猫咬死……惴惴不安。后来忍不住去偷窥,只见它委委屈屈弓身狭小的筐内,第三个小仔隐约冒头。它一边生产,一边埋头温顺地舔着头两个仔,看不出有什么异样。感受到我的注视后,扭过头来,眼睛明亮平静,深不可测。

每逢家中添丁,小狗赛虎最为亢奋,每十分钟过来瞅一眼进度。我便把筐放到高处,开启防骚扰模式。看不到小猫,赛虎急得在筐子下面哼哼唧唧团团转。猫夫人便从筐内探出头,悠长地"喵"了一声,像是在安慰:别急。又像在优雅提示:肃静。赛虎立刻安静下来,蹲坐,仰望,一动不动。猫夫人也长久低头看它。这段凝视间的距离为八十公分,时长未知,情真意切,内涵万千。我去,我相机呢?

按理说,带仔的母猫最惹不起了。可这位呢,不但当众产仔,不避闲人,连闲狗也不避。我看要么是江湖老手,见多识广,要么纯粹脸皮厚。

若是别的母猫,神经质一样护仔,一有人靠近就面露凶光,龇牙待发。可这位跟平时似的,挠挠它脑门,还歪过脑袋要求你再挠脖子,摸摸猫仔,立马挪开肚皮,把另一只也让出来求摸。如果是条狗的话,保准还会尾巴摇个不停。不就是借宝地产仔一用吗?何至于这么谄媚……

就算不是产妇,看在这份谄媚的份上,我们也得给它加营养餐啊。然而营养餐有限,只好克扣其他猫狗的伙食,气得有两只猫离家出走。

头几天这位产妇尽心尽责,寸步不离几只小仔。然而第四天开始就昼伏夜出,渐渐恢复本性。十天后,看在营养餐的份上每天回来喂一次奶。往后回家的时间越来越短,半个月后彻底撂了挑子,重返江湖续写传奇。

我妈恨得咬牙,只好稀饭拌白糖,亲自拉扯几位猫孤。

好在一个个还算壮实,夜里也不闹。只是渐渐大后,越来越能吃,越来越挑嘴。再加上家里原有的其他猫孤(我妈从牛圈后面拾回来的),大有养不起的倾向。我妈只好满村挨家挨户打问,好容易才送出去三只。剩下的一直养到能闯荡江湖、独当一面为止。这只猫妈,可真会托孤。

这还没完。到了第二年,又是这位心机婊,又怀上了,又在老路口熟门熟路等我妈。我妈怒斥:"生仔的时候想起我家了,捉老鼠怎么从来没想到过?"

我家老鼠之多!我妈常常忧虑地说:"怎么办?多得连我家的狗随随便便就能捉到几只……"可我家那么多猫,都是吃白饭的。

发现敌情!我妈拎起一只最肥的猫就往仓库跑,指着柜子下瑟瑟不知所措的老鼠说:"看!快看!"可人家看了一眼,扭头就走。

我妈大怒,一把抓回来直接往柜子底下塞。这位猫祖宗一屁股坐地上,死也不进去。我妈摁其脑袋,掐其腰,拼命往里塞。最后猫实在是没招儿了,这才进去死不情愿地把老鼠捉了出来。我觉得这场歼敌战里,我妈比猫累多了。

不捉老鼠倒也罢了,还尽搞些引狼入室的名堂。也就是说，不捉自己家的老鼠，跑到邻居家捉。吃不完，衔回家玩。玩着玩着，老鼠嗖地跑了。还能跑到哪儿去呢？当然从此就在我家安营扎寨了！

我家猫最多的光景，一推开门，胆小的瞬间化为弧光箭影消失无踪。胆大的该吃吃该睡睡，耳朵都不抖一下。多疑的藏身桌椅盆罐等不堪一击的掩体后观察你下一步行动，脸皮厚的直接扑上来抱大腿、爬后背，无穷无尽地撒娇卖萌。那个传说是真的：脾气太好的话，家里很快会长出猫来。

除了生在我家长在我家的猫二代、挂单的行脚野猫、我妈拾回来的老弱病残等等住户，我家的猫还有一类：前来搞对象或寻衅滋事的。没办法，我家的母猫总是水性杨花，公猫统统竖敌太多。

话说这些江湖游侠们神龙见首不见尾，直到家中母猫怀孕或公猫耳朵被撕豁了才知道它们的存在。偶尔一两次狭路相逢，惊心动魄！纯天然的和吃软饭的果然天壤之别啊！那体态，那气势，那眼神，何其凶猛凛冽。此种纯粹的凶兽怎么可能被当成宠物豢养？相比之下，我家那几位只是裹着皮草混日子而已……又想到这些魔性的家伙进出我家如入无人之境，多少有点发怵。

我家夏天窗子日夜不闭，猫们出入自由。到了冬天，为保温，窗子都封死了。猫们便被设了门限，晚上九点之前还不回家的话，另投明主去吧。

说起来，还是红墩乡的猫都太笨了，进不了家门的话只知道蹲在门口傻等。不像之前在阿克哈拉村，那里的猫都会叫门。

在阿克哈拉，我们的住处是由一处兔舍改建的，狭而长。卧室紧挨着仓库。仓库屋顶设有换气的天窗，很快成为猫儿们的VIP通道，昼夜不息，冬夏无阻。仓库和卧室间隔有一道门，夏天随时敞着，冬天随时关着（得保温啊）。无数个冬日的深夜里，这些家伙们一边刺啦刺啦挠门板，一边惨喵连天，一次又一次将我们从梦中惊醒，从热被窝中拖出。等放进门来，一个个喝水，吃食，上厕所，发愣。暖和过来了，这些家伙又觉得还是外面自在，于是继续挠着门叫唤。吵得人实在睡不成觉，只好再爬起来把它们放出去。出去之后，没一会儿各位就醒悟过来：这样的天气的确不适合浪荡。于是再回来，理直气壮地隔着门又挠又叫。我和我妈不知一夜起身多少次去给它们开门关门开门关门……门童也没这么辛苦啊！况且门童开一次门还能得一块钱小费呢。我妈总是在黑暗中一边摸索着起身一边怒斥："我是你们的奴隶吗?！我是你们的用人吗?！"太影响睡眠了！然而不给开的话，于心不忍，更没法安心睡，毕竟这天寒地冻的……算了，猫能知道个啥，不跟它一般见识。

同样裹着皮草，猫比狗更怕冷。白天在窗台上排成队晒日光浴，夜里千方百计钻我们被窝。钻被窝这种事已触犯底线，我和我妈毫不留情，来一个踹一个。大家又只好去巴结赛虎。赛虎也不是好惹的，来一个咬一个。然而赛虎这家伙毕竟没啥底线，再不好惹也架不住各位走马灯似的骚扰，最终往往屈服，和众猫将就着挤一个狗窝。

温柔的赛虎，善良的赛虎，浑身毛茸茸热乎乎的赛虎，在无数个炉火熄灭的寒冷冬夜，是猫咪们最甜美的依傍。宽绰的狗窝被塞得满满当当，身上还趴了俩。作为一只狗，可能会略感屈辱，但作为隆冬寒夜里同样孤独脆弱的生命，我猜它也会依恋此种舒适和安全感吧。

每一只猫都是有梦想的，因此我家的疗养院再高级也顶多只能留得住一只猫两三年的光景，两三年后逐一消失。在之前的两三年里，诸位一边混吃混喝，一边长身体、练本领。小时候在院子附近爬爬树、磨磨爪，长大了就三天两头出门历练一番。往后离家的次数越来越多，时间越来越长。再往后，只有打架受伤了，或三天没饭吃了才想起来回家看看。铁打的猫馆流水的猫，我为社会输送健壮的猫咪我自豪。

虽然猫儿们最后的命运都是野猫，但在我的记忆里，并没有天生的野猫。在恶劣的生存环境中，几乎所有的小奶猫都有黏人的天赋。高冷这种气质，得在温饱无忧的前提下才养得起来。

冬日里，铺满冰雪的偏僻小道旁，它们突然就出现了。不知从哪儿冒出来的，也不知之前已经流浪了多久。远远一看到有人，就奶声奶气地急切喵叫，一步三滑奔过来，然后再迈着小短腿努力寸步不离尾随那人。似乎明白：这人是自己的一线希望，一旦被这人收容，才能活下去。听着这细弱喵声，瞅着这巴掌大的一小团茸毛，心肠再硬的人也会动容啊。不知此种求救的本能是怎样在猫的基因里流传下来的。我从没见过哪只小猫在走投无路时会找牛求助，找马求助，找拖拉机求助，而后者明明看上去比人强大多了。

小奶猫之可爱！让人恨不能揣在口袋里走哪儿带哪儿，时不时掏出来搓搓揉揉，还总会令人自私地叹息："要是永远都这么一点点永远长不大就好了！"虽然许多动物小时候都是可爱的，但在我看来什么都赶不上猫。尤其当猫咪以征服世界的雄心来对付一个线团或一块破布头或自己的尾巴时，简直能令人跪地臣服。

在猫咪短暂的童年时光里，世界一度只有猫窝所在的房间那么大。它终日翻箱倒柜，无所不至。终于有一天爬上了高高的窗台，它抬头猛然看到外面的蓝天，浑身毛乍，三观尽毁……从此，就再也不理会毛球线和电灯拉线了。窗台成为它的超大屏直播厅，每天投以大量时间把猫脸贴玻璃上观测外太空动静。有时候一只野猫在外面沿着窗台悠悠踱过——它是它的母亲。分离太久的母子俩隔着玻璃对视，似乎都想起来了些什么，又似乎什么也没想起来。野猫径直离去，猫仔喵叫两声，怅然若失。

接下来突破的第二个障碍是隔壁房间走廊尽头的门。它发现了这扇门的秘密：此处和窗台一样也能观望外太空。然而，此处无玻璃。

我几乎能记得我家每一只猫咪生平第一次迈出家门的时刻。在此之前，它们已经蹲在门边凝望门外某处某点好几天了。更早一些的时候，则躲在门后，探出小半个脑袋窥视。而最最初，几乎是门一开，强烈的光线一泻进来，一个个惊惶躲避，躲闪不及。猫咪得花多长的时间去适应世界的渐渐扩张啊。

总之，习惯了敞开的门后，就整天蹲在门口，入神地观望对面的世界。一有风吹草动立马全线撤退。很久很久之后，又变成一有风吹草动就立马后退一步，弓腰缩颈，以可守可攻的姿态静观其变。

　　每到这时，我妈往往会助它一臂之力。不，一脚之力。她一脚踹向猫屁股："笨怂，怕什么？"猫儿瞬间跌落广阔天地。接下来，有闪电般窜回来的，有不知所措僵若木猫的。还有的略胆大，定定神，再往前试走一两步。总之，总算是迈出家门了。

　　再往下，一日日地，它的探险范围以房屋为中心，半径呈几何级数增长扩张。我妈每天晚上睡觉之前唤猫回家，都得喊好一会儿。半年之后，或者一年之后，终于有一天，再也喊不回来了。她忿忿关门落锁，说："野了，又野了一只了！"

　　外面有什么好呢？野狗扎堆，鼠药成患，危机四伏。没有温暖的猫窝，没有充沛的食物，没有挡风遮雨的墙壁屋顶……然而，若为自由故，什么都可抛。我等凡人安知猫咪之志。

　　可我等凡人，从此后便再也没什么可为它们做的了。才开始还尽量开窗留门，存几根火腿肠恭候大驾。日子久了，渐渐放下。直到某天，一开门突然间迎面撞见它正做贼一般逡巡厨房，不由惊呼："原来你还在？以为你已经死了！"

　　长久不归家的话，要么已经称霸一方、温饱无忧，要么就已经死了。

似乎两到三岁往往是猫的一个坎。一旦活过这个年岁，越过这道坎，已然身经百战，世事尽阅。躲得野狗，识得毒耗子，并且赚得一定江湖威望，从此披风沐雨，抗衡光阴。可若过不了这个坎……便再无后话。有时路过垃圾堆，看到一具猫尸歪歪斜斜抛弃其中，认出是从我家出去的某位。微微记起它小时候的模样，记起它在怀里打滚的情景……也只能叹息："白吃了我家两年饭。"

从我家出去的猫，就算没有白吃饭，也终将成为白眼猫。田野间，树林里，狭路相逢，它敌意以对，又漠然折身而去。有时它也会愣愣神，似乎记忆的遥远深处火花一闪，犹豫着冲我喵叫一声。我连唤"咪咪"（我家所有猫都叫这个名字），令它似乎记起了更多，不知不觉向我走来。然而，还剩最后两三米距离时，猛地觉醒，飞身窜开，三两下就消失在草丛深处。无论我怎么高呼"咪咪"，都不肯回头了。

多少有些失落。正是这个肥头大耳高度警惕的家伙，小时候曾在脚边手边寸步不离，贪吃贪睡，娇声娇气。喊一声"咪咪"，跑得飞快。后来渐渐长大了。多少个深夜里，它和外猫混战，惨叫连连，我们全家从床上爬起，操起家伙出门助战。也是它，闲来没事把家里的床单门帘扯得稀烂。我不止一次建议剪了它的趾甲，我妈坚决不予采纳。

她担心它没了趾甲,在外面打架更是打不赢了。打不赢也就罢了,逃命时连树都爬不了。

亲密终成陌路。在我的童年时代,这种情景总会令我痛苦。长大后渐渐释怀。如今目送它孤独而坚定地越走越远,微微失落后总会大松一口气,心里说:谢谢你,谢谢你忘记了我,谢谢你变得和我毫无关系。

很多人喜欢狗,讨厌猫,源于一句老话:"穷养狗富养猫。"似乎猫最势利,嫌贫爱富,冷漠无情。然而真的是猫的过错吗?我看其实是人的陋性吧。狗儿痴蠢,不知变通,你对它有一分的好,它便还你十分好。而猫可会算账了,你对它一分好,它也报以一分,给它两分,还两分。只有你全情投入,它才回报满满。因此,口口声声称爱狗不爱猫的人,也许爱的只不过是一份低付出高回报的投资罢了……

有人煮猫食,有人换猫砂,有人整理猫窝,是我家猫馆用户所能享受到的全部服务。再没别的福利了。除了几个喜欢主动凑上来求宠幸的二皮脸,我们一般也不与它们做亲密接触。它们终将成为野猫,将来是需要防备人,甚至敌对于人的,怎能习惯人类的爱抚与亲近呢?更重要的是,就算它们不抛弃我们,我们也会抛弃它。总是居无定所,总是不知明天会怎样,不知此处能住多久……自己的生活都不稳定，又拿什么给人作依靠……算了。随意相处，两不留恋吧。

　　然而，有一只白色黑斑母狸猫，我始终不能忘记。
　　记得它不到两个月大就入驻猫馆，成长经历和其他猫客无异。长大后却性情迥然，出奇地恋家，养了好几年都不愿离开。
　　当时一同收养的还有一只稍大一些的麻灰色公狸猫。两猫朝夕相处，青梅竹马，我们都以为长大了肯定会来一腿。麻猫也是这么想的。
　　两只猫看上去也的确般配，白猫修长苗条、优雅从容，麻猫虎背熊腰、虎虎生风。
　　话说我们麻猫对白猫的爱意，那可真是天地都为之动容啊。站坐不离，到哪儿都搂着不放，睡觉时恨不能绑在一起。整天摸爬啃舔，钻拱挤蹭，将猫生中大把光阴消耗在白猫身上，无怨无悔。
　　然而，直到最后，可怜的麻猫也没能泡上白猫。每次都在最后关头败下阵来——白猫就地一坐，麻猫翘着小鸡鸡团团绕之，无可奈何。
　　以致后来麻猫心灰意冷，早早投入社会，万过家门而不入。

不只拒绝了麻猫，我们的白猫也从没理会过任何公猫。何其洁身自好！整个发情季节里，整天安安静静，心如磐石地晒太阳。然而，几乎普天之下的野猫都爱上了它，轮流跑到我家天窗边求欢，日日夜夜冲里面苦苦呼唤，一个个只恨不会弹吉他。吵得我和我妈真想釜底抽薪，把白猫扫地出门。

白猫清心寡欲，却极亲近人。家里每逢来客，管他是来借钱的还是来讨债的，刚刚坐定，它就蹲人家脚下抱着人家鞋子抬头凝望，满脸求摸的深情。若客人果真伸手去摸，它立马就势一跃，直接跳到人家怀里。接下来，蹭脑袋、拱臂弯，非要客人环起双臂左右搂定才能安静下来。然后死了一样瘫卧客人怀里，似有无限享受。也不管这大热天的，客人多难受。

对待自己家人就更不客气了。每天非要和赛虎睡在一起，挤成阴阳八卦图。

还喜欢待在我妈头顶上。一逮着机会就爬上去卧得稳稳当当，以为自己是个帽子。那时我妈在阿克哈拉村开杂货店，天天就这样顶一只猫跟顾客讨价还价，在当地传为奇谈。

后来渐渐大些了，头顶坐不稳当了，改蹲肩膀上，监控探头一样四面环顾店内情景。总之，总得比我妈高点才安心。

对于商店的生意，它比谁都操心。一来顾客，它寸步不离，走哪儿跟哪儿，喵叫连天。翻译过来就是："走过路过，不要错过……三块钱，你买不了吃亏，三块钱，你买不了上当……"

我妈数钱的时候，它就在旁边紧紧盯着，俨然不放心账房先生的老东家。

我妈卖火腿肠的时候，它尤其愤怒，这么大的事也不跟它商量！

大家都爱火腿肠。一根火腿肠总是白猫和赛虎对半分。赛虎狼吞虎咽，眨眼就消灭干净了。而白猫慢条斯理地啃啊，舔啊，嚼啊……赛虎总疑心它多吃了好几倍的分量。二位平时特恩爱，一到这时就闹离婚。

我或者我妈，每次出远门归来，一开门，狗也扑，猫也跳，扒行李，咬鞋带，前前后后，三百六十度无死角地亲热缠绵。若是猫狗也有高血压，早就亢奋成脑淤血了。好音乐能绕梁三日不绝，好猫狗能绕你半天不歇。每到那时，总是发现自己活在世上竟如此重要，又很惭愧：这样的一个自己到底有什么好的呢？

到了夜里，熄灯睡觉了，二位仍不肯离开床前，并排蹲坐，目不转睛盯着黑暗中的你，仿佛害怕你再度离去。

哎哟，一提到我的白猫，就刹不住笔头了。当父母的都觉得自己孩子最好，养猫狗的都觉得自己猫狗最乖，我也未能免俗。

总之，我有过这么一只猫，它是我家唯一一只不愿成为野猫的猫。她没有探索世界的野心，没有生育后代的本能，清清净净，悠悠闲闲。除了家里和店里，整天哪儿都不去。不添麻烦，不闯祸，不偷食，不乱上厕所，不制造任何家庭矛盾。猫食再寡淡也从没听它抱怨过。它美丽、温顺、充满喜悦。它对我们的信任以及对我们这个家的依恋令人惊讶又幸福。它活在世上像在深深地安慰着我们。

它死的时候也没有打扰任何人，安安静静卧在后门墙角处的一只破铁盆内，像平时一样蜷作一团。没有伤痕，也不见瘦削。不知死了多久，不知之前遭遇过什么。我连猫带盆一起埋在了菜园里。我经历过许多猫的死亡，也亲手埋葬过许多猫。唯有这一次最伤心。

现在我微博的头像就是它。白脸红鼻头，眼睛大且媚，还文有眼线。完美的埃及艳后妆。

絮絮叨叨，没完没了。嗯，野猫会馆仍在营业中，故事以后接着说。

2015 年

宠牛记

最近新认识了一个朋友,冯姐,她救助过许多流浪狗,令人钦佩。要知道在城市楼房里养狗,尤其是很多狗,非常不容易。于是她的生活重心全放在照料动物上,几乎牺牲了自己全部的业余时间。

听了她的故事,我一边感慨不容易,一边又隐约觉得好像还见过更不容易的……是谁呢?

仔细一想,是我妈。

我妈她老人家也收容过流浪狗,但此事不值一提。农村嘛,养狗的条件比城市强多了。此外养猫养鸡养鸭养兔子的事也没啥可说的,主要想说的是,牛。

听过宠物狗宠物猫宠物猪,甚至宠物蜘蛛宠物蛇……但没听过宠物牛吧?是的,我家养了一头宠物牛。

但这事也没啥自豪的。每当我妈出远门,由我一个人照料一大家子时,累得真是哭都哭不出来。

狗们每天就煮一大盆狗食，猫们一小盆猫食，鸡鸭也好打发。可牛呢？瞧它那大肚皮！于是我家专门种了两亩地……

种地得浇水啊，于是我们花一万块钱在地边打了一口井……

饲草长出来得收割，于是这两年我妈一心想说服我买台小型收割机……被我一次又一次坚定否决。

说实话，我也不知道自己这种态度还能坚持多久，尤其上一次当我割牛草割得腰肌劳损时……

当时，我以镰刀撑地，差不多是爬回家的。接下来躺了三天。再接下来休养了半年。

冯姐听了非常吃惊："最早为啥要养牛？"

最早，我家还住在荒野中的阿克哈拉村时，有个欠我家钱的村民过世了。依据当地的传统礼信，死者需得还清生前债务才被允许入葬。可这家人实在太穷，他的亲属便赔给我家一头牛。当时牛还小，非常可爱，我妈就爱上了……

有人养牛是为了耕地，有人是为了卖肉，有人是为了挤奶，我家的牛呢，似乎只是为了杵那儿好看。

当时我家的商店窖了好几吨冬菜出售，却不幸遇上暖冬，慢慢地逐渐捂坏了，我妈便挑挑拣拣全部喂了牛。要

89

知道那可是万里冰封的季节啊,别人家的牛只在一早一晚给分配点干草果腹,偶尔分得几颗玉米粒简直就是过年。它们整天叫花子一样满村流窜,寻些纸壳板嚼嚼,啃啃干牛粪充饥……可我家的牛却在吃蔬菜!绿色的蔬菜!这事我妈都不敢说出去……于是乎,那个冬天,在屁股都瘦尖了的牛群里,唯有我家那位肥头大耳油光满面。名声传遍附近几个村落。连过路的人都会特意绕道至我家牛圈参观,啧啧称叹:"真主啊,怎么这么胖!"我妈感到倍有面子。

后来搬家至北部山区的红墩乡。此地牛更多,饲养条件更好。可我家牛的名声仍排名最前,最"胖"最有面子!

我觉得我妈养牛似乎就是为了面子。她从不喂便宜的混合饲料,只喂草料和粮食,还常常给打牙祭,院子里种的蔬菜水果葵花玉米更是由着它吃。

为了不至于太蚀本,我曾痛下决心,想养成每天挤牛奶的习惯。但挤奶这门技术掌握起来谈何容易。同一头牛,别人最少也能挤个七八公斤吧,我呢,挤到第二个礼拜才勉强达到一公斤。就这一公斤,还累得我每天拳头都攥不紧。挤到第三个礼拜,手疼得简直想打个夹板挂在脖子上。不禁想起那些依靠握力器训练手部肌肉的人——还用什么握力器啊,每天来我家帮着挤点牛奶得了。

总之牛奶也不指望了。我们继续像供菩萨一样供着这位牛先人，至今已经供了四年多。后果是感情越来越深，我妈发誓要给它养老送终。但是听说牛能活三十多年呢，掐指一算，至少还有二十年……

冯姐说："牛最重感情，听说它被宰杀的时候会哭。以前还不信，直到有一次亲眼看到。它真的在不停落泪！看得我恨死宰牛的了，从此真的再不想吃牛肉了……还听说，牛只在临死才哭一次……"

什么啊，我家的牛才没那么隐忍认命呢，它动不动就哭！早起看到食槽里只有干草没有鲜草也哭，出去放风若没玩够就被赶回家也哭，和别的牛顶架顶输了，更是跑回家哭半天，委屈得眼泪大颗大颗地淌……娇气得不得了。

撒娇就撒娇嘛，根本不考虑自己什么样的体态，一边哭还一个劲儿往你身上蹭，躲都躲不开。

爱抚怀中猫咪或膝下狗狗是双方的享受。作为宠物牛，当然也需要身体的抚触交流。只是这种交流只有它自个舒服，人得累个半死。为此我妈专门买了一把牧民用来收集山羊绒的钢丝刷，又宽又硬。每天一次，从牛脖子到牛肚皮到牛屁股，卖力地刷啊刷啊。一面刷舒服了，人家就自个转个身，让你再刷另一面。就这样，牛做了全身保养，人做了全身运动。

不给它刷的后果就是一大早堵在门口不让你出去。如果你装看不见，它就直接往门框里挤。

还有遛牛。相比之下遛狗太逍遥了。有人抱怨大型犬难遛，拉都拉不住，那你来遛遛牛试试？何止拉不住，简直把你当风筝放。

别人家拴牛大多拴牛鼻子，非常有效，轻轻一扯，立马乖乖。可我妈嫌该手段残忍。要知道我家养的可是宠物牛，不能这么虐待。

还有养牛户把绳圈套在牛角根部，那也是牛的软肋。可我家的牛以前打架受过伤，有一边的牛角整个外壳都给掀没了，剩下的部分非常脆弱。我妈更是舍不得。

便只好像拴狗一样拴着牛脖子。

于是这根缰绳对它来说根本就是装饰品嘛。

便只好被放风筝。

而且那种时刻绝对没法沟通，不管你说什么它都装听不懂。幸亏世上还有大棒子这个东西。在大棒子面前它才稍微收敛点。于是每日所见的情景差不多都是：我妈追逐着牛，逃命似的奔跑在村子里，一手狠命拽绳子，一手挥大棒，大呼小叫，如临大敌。要知道路两边都是庄稼，危机重重……啃了得赔啊！

那些骑着牛背迎着夕阳吹着笛子之类的牧牛行乐图，只是文学呈现吧……

其实我妈大部分时候也就春天闹草荒的时候出去遛遛牛。夏天里我家那两亩地的产出用来养牛绰绰有余。秋天收购些豆秆囤着，过冬也没问题。只有春天难熬。再说了，那时已经啃了整整半年（我们这里冬天长达半年）干草的牛，看到一点点绿意都会红了眼睛。

遛牛的地方在村口农田尽头的荒地里。那里那点浅浅的杂草只能哄哄牛肚皮，但对牛来说仍然天堂一般。每天出门前一小时它便开始焦躁不安，院门一打开便直奔东去（只去了一次人家就自己能认路了）。每天下午往回赶时哭了又哭，一步三回头。我妈心都碎了，哄着说："乖，咱回去吃萝卜，吃芹菜！"

而萝卜和芹菜是我们这几天的伙食。若养的是兔子也罢了，那可是一头牛啊！怎么可能和一头牛分享？于是晚餐我们只好切几根咸菜下饭。

遛一次狗也就半小时吧，遛牛得老半天。后来每次出门我妈都带块布背点干粮，还领着狗，郊游似的。若遇到别的遛牛人——当然，人家是专业遛牛的，一遛一大群——便坐下来一边分享食物一边分享村里的八卦。狗也忙着和别的狗交流。那边全是荒地，不用防备太多。我妈优哉游哉。遇到好天气就摊开布,倒头就睡,直到任督二脉被太阳晒通了才醒来……那时牛还在不远处急急啃食,顾不上回头看她一眼。

她常常遗憾不会纳鞋底。她认为一边遛牛一边纳鞋底,比一边放牛一边吹笛的画风浪漫多了。

怎么说呢,除去来回路途中穿过庄稼地时的保卫战,遛牛还算是惬意的事吧。

2014 年

过年记

小时候，我外婆为了省下过年时的压岁钱，每年我家都不过年。一到大年三十那天，我外婆一大早就开始念叨："过年也是那么哩，过月也是那么哩，过日也是那么哩。只要吃得好，穿得好，天天都是过年！……"我当时还小，无言以对。于是这天我们和往常一样，早早吃了夜饭熄灯睡下（省电费……）。然而外面鞭炮响彻通宵，硝烟呛人，提醒我：外婆说的可能有问题。如果这一天没啥特殊的话，大家为什么都会如此隆重地对待？

不过端午节我家还是会过的，那天要喝雄黄酒，吃苋菜。重阳节也过，那天会炸面食。总之都是些不怎么花钱的节。

因此我从小至今，几乎没什么过年过节的意识。上高中时，有一次同宿舍的女同学的新毛衣不小心洒上了墨水，再也洗不干净了。她极其沮丧，不敢给家人知道，打着哭腔说："这是准备过年穿的衣服，我偷偷拿出来穿的，完了完了……"令我诧异。不就一件新衣服嘛，早几天穿晚几天穿又有什么不同呢？再思索：自己过年穿过新衣没有？好像也穿过吧？……但是穿新衣服这种事有什么值得高兴的呢？新衣服都是大人做主买下的，总是难看得要死，总是得穿很久很久才能平复那份屈辱感。

后来辍学打工，在老板家过了一个年。他家老老少少拿出申奥的架势营造节日氛围，煮个鸡蛋也要剥了壳整成兔子造型并点上红眼睛后才隆重地开吃。春晚倒计时时，全家人激动得跟啥似的。

总之，在后来的漫长岁月里，我渐渐知道了过年的重要性，却始终不能同自身建立联系。我和过年这件事无关。除我之外，所有人都那么高兴，所有人一定得回家团聚，所有人以此名义问候他人。我呢，在那天该干啥干啥，然后像个看热闹的人，看别人傻乐。

说不清有多少个除夕之夜是自己一个人度过的。有时也会和家人在一起，也会虚张声势地整些气氛，但也只是陪着家人乐乐罢了。而家人也觉得是为了陪我。彼此都累得不行。

一到过年，短信纷飞。我心若磐石，不为所动。还有人送我新年礼物，照收不误。却从没想过给别人也送点什么……

还有过生日。生日当然是自己一个重要的纪念日，但是和大伙儿一起庆祝的话，就倍感不自在。同样不自在的还有祝别人生日快乐，送别人生日礼物……怪异无比。做这些事情的时候，好像一个骗子，盯上了别人口袋里仅有的两块钱。这都什么心态啊……

追根究底，这一切可能全都源于我外婆的教育。我外婆省下了压岁钱和新衣服，却令我疏远世事，冷静又孤独。冷静可能不是什么好事，冷静也许就是自我和自私。可孤独这种东西却太宝贵。孤独是强大的独立，令我从不曾畏惧过人生的变故。当然，这种话说起来又空又大。可是真的，在每一个普天同庆的特殊日子里，我远远站着，照常生活，像是没有行李的旅人，又穷，又轻松。我的幸福只有一种源头，它只滋生于内心，它和外部的现实秩序没有一点关系。

那么话又说回来，我当年的压岁钱能有多少呢？……两毛钱。是的，两毛。话说那还是仅有的一次，破天荒的一次。由于没有对比，当时的我也不知道这笔钱的数额是大是小，总之当时还是蛮高兴的。但是，给钱的时候，邻居男孩站在旁边盯着看。外婆作为邻里间年高望重的长辈，脸上过不去，也顺手给他掏了两毛钱。那男孩跳起来拒绝。真的跳了起来！然后奇耻大辱般跑掉了……那时我隐约感到，两毛钱可能有点少了吧？

2015 年

阅读记

我上小学一年级时,有一天捡到一张旧报纸。闲来无事,就把自己认得的字挨个念了出来,竟然发现它们的读音连缀出了一句自己能够明白的话语,大为震动。那种震动直到现在还能清晰记得。好像写出文字的那个人无限凑近我,只对我一个人耳语。这种交流是之前在家长老师及同学们那里从不曾体会过的。那可能是我生命之初的第一场阅读,犹如壳中小鸡啄开坚硬蛋壳的第一个小小孔隙。

阅读令我打开了通往更大也更黑的世界的一扇门。从此,只要是印有汉字的东西都会令我饥渴阅读。阅读物的最大来源是捡垃圾的外婆拾回家的旧报纸。邻居家则是最渴望的去处,他家有一面书架,五颜六色的书脊排列得整整齐齐,对我来说无异于阿里巴巴宝藏。只可惜他家总是不被允许进入。每年新开学那几天成了最快乐的时候,往往不到两个星期就读完了整学期的课本内容。

小学三年级我转学到了新疆，和我妈一起生活。我妈单身，正在考虑结婚。当时她有两个追求者，向我征求意见。我怂恿她选择其中一个，却没说出真实原因：那人家里也有一面小书架，摆满了书，令人无限神往。很快，我如愿以偿，却害惨了我妈。那人嗜酒，往下有八年的时间我妈陷入了混乱的人生。而且后来我也发现那些书全是装饰品，没啥靠谱的内容。

小学四年级那年我妈开始做收购废纸的生意。怕纸物淋雨，专门腾出一间房子堆积。所谓废纸大都是书籍和报纸，于是那个暑假我幸福惨了，天天从那间房子的窗户上爬进去（门锁着，我妈不让随便出入），躺在快要顶到天花板的书山书海上看书。那是真正的书山书海啊！在书堆里扒出一个舒适的书窝，蜷进去，左手取本书一翻，看不懂，右边一扔。再一本，还行，翻一翻，扔了。下一本，不错，甜甜看到天黑……只可惜，我妈的收购生意很快就赔本倒闭了。

六年级回到四川，发现了全城最幸福的一处所在：公园里的租书摊。那可比买书划算多了！于是整个暑期里，每天跟上班一样风雨无阻地出现在那里。夏天结束时，摊位上差不多所有书都被我看完了。

上初中后，学校有小型的图书馆，能借阅到一些文学经典及报纸期刊。

此外，帮同学做值日的话，也能借到他们的书看。

——全都是毫无选择的阅读，全然接受，鲸吞海纳，吃干抹净。然而渐渐地，阅读的海洋中渐渐浮起明月。能记得语句暗流涌动，认准一个方向推动小船，扯动风帆。而忘记的那些，则是大海本身，沉静地荡漾——同时也是世界本身。我想，这世界其实从来不曾在意过谁的认可与理解，它只是存在着，撑开世界应有的范围。

直到现在为止，我对阅读也并不挑剔，只要不是特别枯燥都能看下去。而且在我如今的年龄上，阅读的意义已经不只是汲取养分增加知识领略愉悦……诸如此类了。看到一本好书固然觉得幸运，遇到烂书也并不排斥。况且烂书带给人的思考空间也同样巨大：何以烂？何以不能避免烂？都烂成这样了为什么还能令人接着往下看？……还有那些没啥天赋的作者们，他们的视野，他们的态度，他们的奢望，他们的努力……历历在目。看多了，也就渐渐熟悉了他，理解了他，并且原谅了他……阅读不但带来共鸣的乐趣，也带来沟通的乐趣。

对了，之前说的都是少年时期的阅读，那么后来呢？惭愧，后来几乎不怎么读书了。各种原因。直到这几年才开始重新大量阅读。而且，对现在的我来说，"阅读"这件事已经渗透进日常生活的一举一动之中，成为了日常习惯。什么都是"读"，什么都是学习与获得。世态百相，人间万状，阅读行为无法停止。我仍稳稳当当行进在当年的航道上，明月已经升至中天。当我再次拿起一本书的时候，总感觉一切仍然刚刚开始。当年的耳语者还不曾走开，只对我一个人透露唯一的秘密。

2015 年

冰箱记

这件事归根结底都怪我们新疆太冷了。

由于冷，肉往雪堆里一埋，一整个冬天也坏不了。于是家家户户都有囤肉的习惯。后来大家都从平房搬进楼房，没地儿囤，就拼命买冰箱。很多家庭除了冰箱，还会额外添置一台冰柜。说来惭愧，我妈置了两台冰柜。

话说我自立门户之后，也跑去买冰箱。卖冰箱的忽悠我买了台一米八高的。谈男朋友都没谈过这么高的。

卖冰箱的说：放心，咱做买卖全凭良心，不会给顾客瞎推荐。你看看这台，再看看其他的——就数这台的冷冻室最大！

我左右一看，果真如此，立马付钱。

抬回家才反应过来：选冰箱的重点难道不是应该考虑性价比品牌外观之类的吗？冷冻室大，这个优点有啥用呢？对于我这样一年到头也吃不了几斤肉的人来说……

总之，从此之后，我就走上一条不归路。

手一抖饭做多了，没事，咱冷冻室大；和朋友下小馆子菜点多了，没事，打包，咱冷冻室大；进超市拼命捞货，反正冷冻室大……没两个月，冰箱就撑爆了。一米八的冰箱也嫌小了，后悔当初没买那台两米高的。

整件事的另一个关键是我妈。话说我妈喜欢养鸡，我常常觉得她对鸡比对我上心多了。以前她住在戈壁滩深处，冬天漫长，蔬菜罕见。每次进城办事，首要任务就是去菜市场拾捡菜贩子不要的烂菜叶。每次下馆子，看着别人剩下的汤汤水水，心疼得脸都扭曲了："这要拌进咱家鸡食里，鸡可不得高兴疯了！"

进一趟城，来回两三百公里。别人回家，添置大包小包的居家用品，我妈也大包小包——不是烂菜叶子就是从亲戚朋友家搜刮的剩菜剩饭。我总是很奇怪为什么城里总是有那么多剩饭，而农村从来没有。再一想，很简单嘛，城里人没地方养鸡。

由于养鸡，我家何止没剩饭，就连刷锅水也不见一点油星——每次刷锅前，得先用喂鸡的麸皮或玉米碴把锅仔细擦一遍。菜盘盆碗在清洗之前也被同样对待。我才不信那点油水能让鸡尝出个啥好味儿来，不过省洗洁精倒是真的。

后来她老人家搬到阿勒泰市近郊。此处交通便利,生活条件也好了许多,但老习惯雷打不动。每次进城到我家,总是千叮咛万嘱咐:"剩饭千万别扔啊,带回去拌进咱家鸡食里。咱家的鸡吃食的时候,叼着一点点带盐味的菜叶啊,都要高兴得笑半天!"难以想象鸡笑起来是什么模样。

然而节约是美德,我绝对支持,反正也不费事嘛。想到我妈说的能让鸡笑半天的"盐味",每次吃完饭哪怕盘底就剩一点菜汤,也小心地倒出来冻着,不厌其烦。于是没几天就能攒一大坨。反正冰箱大嘛。我妈呢,每个星期来收一次货。两相满意。

然而好景不长,没过多久我和我妈绝交了。

怎么说呢,我妈这人吧,交个朋友还是蛮不错的。做母女,实在艰难。若我们俩是夫妻,早就离婚几百次了。

绝交就绝交,两人都乐得清净。只是冰箱里残羹剩渣不好处理,越积越多。后来冰箱根本成了个大泔缸,一打开冷冻室就犯恶心。扔了吧,又心怀侥幸,万一明天就和我妈和好了呢?这哪里是一箱剩饭啊,这明明是我家的鸡活在这世上为数不多的幸福之一。不能扔,节约是美德。

终于,冰箱再也塞不下一滴菜汤了。我真急了。然而还是不能扔。想起以前我家鸡过的苦日子,似乎我现在的浪费,反倒与将来无关,导致的是过去的痛苦。

后来我就很少在家吃饭了，尽量在外面餐厅凑合。但还是避免不了剩饭带来的困扰——别人的剩饭。看着隔壁桌散尽，剩了一大桌，好些菜几乎没怎么动过，每到那时就有强烈的冲动，想招呼服务员帮我把那桌打包。

想到粮食、蔬菜和牲畜缓慢耐心的成长，想到一张张饭桌横亘在食物的命运之中。想到世上有一个缺口越来越大，鸡蛋被渐渐敲开一个个洞眼，手持那么多补丁，不知往哪里打。想到城市里没有鸡。城市的运行轨道不再是循环往复的圆，而是一条没有尽头直指深渊的直线。生活失控了，不知是因为冰箱太小了还是因为没有鸡。

吃完饭回到家，冰箱堵在眼前。一边是堆积，一边是缺失，两边都不敢触动。各种过去各种未来源源不绝排山倒海而来，小小斗室无处躲避。

自从和我妈绝交以来，情绪持续低迷，加之满满当当的冰箱没日没夜反复触动各种悲伤拮据的回忆以及对未来的想象与亏欠，一时间人生混乱，似乎毫无出路。

我决心把生活扳回正道。

好吧，我决心养一只鸡。

打定主意后突然浑身轻松。我一边想象今后与我的鸡幸福相处的日常生活，一边着手实施。

首先，得给鸡准备个住处。困难重重。我的小公寓就四十几平，没有阳台。我考虑在窗外挂个笼子，但物业肯定不同意，况且到了冬天零下三十度的时候怎么办？

我又考虑在楼梯过道里放笼子。首先邻居肯定不同意。其次，我的鸡也太委屈了，坐牢似的。

我又考虑租一套房子养。了解一番行情，真贵。

倒是有便宜的出租屋，城郊山脚下，类似棚户区。然而就算在那里，最便宜的一个房间也得每月七八十块钱，一年下来将近千把块钱。一只鸡的寿命至少也得十来年吧？养到头，得投入上万块……

再一想，不能这么算账。看上去好像是我为了处理这点剩饭，花了上万块钱，可实际是，我只不过投入了万把块钱，就解决了整整十年的剩饭问题。既放下了心理包袱，又支持了全球低碳事业，而且鸡还那么高兴。

我开始到处看房。然而，租房用来养鸡，还只养一只鸡，这怎么和房东解释？实在开不了口。唉，明明是个变态，还非要装成正常人。

转了一大圈后，我决定放弃房东，自个儿买一套平房得了！好歹也是不动产嘛，等鸡老死了我还可以住进去养老。住平房多好啊，可以在门前种花，我的狗可以自己出去玩，投入平房的阳光也比投入楼房的阳光地道多了……最重要的是，有了自己的房子，想养啥养啥，谁跟前也不用解释。

为此，我转遍城郊所有平房，却发现哪怕是违章建筑也买不起……倒是有一幢买得起的。但那个远啊，都快到蒙古国了，还不通公交车，还位于山顶上，自行车上不去，非得整辆汽车不可。

我又开始认真考驾照，同时开始研究车市行情。研究得晕头转向也不知道买什么车合适。向朋友咨询，朋友说："你这个宅神，八百年不出门不下楼的，买车干什么？"

——教我怎么回答？实话实说买来给鸡送剩饭？……仍然没法解释。

那段时间简直魔怔了，陷在这些事里拔不出来，天天奔波，时时算计。很多读者问我为什么不出新作品了——啊，是这样的，因为我被满冰箱的剩饭拖累了……整个人生都没法解释。

每天疲惫地回到家，孤独地面对冰箱，整个人生仍然没有出路，又想到我妈……我们俩都好有志气。

一年过去了。这一年里我一天只吃一顿饭。每当身边朋友嚷嚷：突然好想吃×××！还有××！还有××××……简直难以理解。以前的自己也有过同样的时刻，对食物充满强烈攫取欲。然而那种欲望已经遥远得近乎不真实。现在的我，长时间没有任何想吃的东西。一天

107

到晚没胃口，饿得胃疼也不想吃饭，饿得头晕眼花才勉强塞点东西打发一下肚皮。"特别想吃某某东西"究竟是一种什么感觉呢？食物成了巨大的负担。"我家鸡高兴得笑半天"那句话成了符咒，一到吃东西的时候就会想起。所有因我而不高兴的鸡排成队围绕我的餐桌一声不响。旁边的冰箱沉重不堪。

我便离开了阿勒泰，定居乌鲁木齐。

像是打了败仗弃城而逃，像是把这个家让给了满冰箱的剩饭。

为维持冰箱正常运转，走之前我交足了电费。

然而走后没多久，社区大停电，整整两天才恢复。当时冰箱融成什么鬼样子幸亏没亲眼看到……

回家后，冷冻室的门拉不开了。

请不要问我后来是怎么拉开的，总之拉开之后，眼前情景……不形容也罢。

门拉开了，但里面五个大抽屉无论如何也弄不出了。哪儿来的那么多水呢？冻成那么厚的冰！抽屉的上上下下里里外外四面八方的缝隙被冰堵塞得结结实实，估计还得断电两天才能化开。再设想一番化开后的情景……还是趁冻着的时候处理比较不那么恶心吧？

我找出一把大号螺丝刀和一把榔头，开始了破冰之旅。

当、当、当、当，凿啊凿啊……

刚开始，我还觉得自己跟米开朗基罗似的。

凿了半个小时后，觉得自己是泰山开山工。

凿了一个小时后，觉得自己在越狱。

螺丝刀够不着的深处角落，就把电吹风调到最高温，"呼啦呼啦"拼命吹。

折腾到凌晨两三点，我一边抡榔头一边飞舞吹风机一边反思自己的人生。

当当当！我活到三十多岁，当当当！好容易买了套房子，当当当！搞半天完全是为了放这台冰箱才买的！当当当！买冰箱又是为了什么呢？当当当！没冰箱之前，好像也没啥剩饭啊？当当当！我活到三十多岁，当当当！所有财产就这些：房子、冰箱、螺丝刀、榔头、吹风机！当当当！我图个啥呢我？……

话说砸出来的残羹剩饭之壮观！分五次才全部运到楼下垃圾箱。真是对不起明天的环卫工人。

总之事情就这么粗暴解决了。这应该是目前的最佳解决方案吧，但对我来说，却如同灭国屠城般惨烈。空空荡荡的冰箱暗示一切已经结束。过去的生活，渴望中的生活，打算买的平房，打算养的鸡，努力想要弥补的人生裂隙，渴望中终于宁静了的心。

往下还有更多的人生内容正排着队等待结束。我活到三十多岁,时间的消逝速度倏地突然加快。

嗯,我现在住在乌鲁木齐。我现在的冰箱嘛,就比微波炉大一点。

2016 年

野鸡记

话说我妈喜欢养鸡，我家无论搬到哪儿，一到新地方，第一件事是卸车，第二件事是追鸡，第三件事才是收拾新家。在追鸡的过程中，自然就和满村的新邻居认识了。乡亲们对我们的第一评价一般都是："新搬来的那家鸡可真多。"第二评价："新搬来那家鸡可真野！"第三评价才轮到人："新搬来那家真会过日子。"

能不会过吗？比方这次吧，丢一只鸡找了三天，把所有邻居家都翻遍了。

我劝我妈："算了吧，不要了吧？不就一只鸡嘛。太扰民了。"

我妈不干："这人生地不熟的，跑丢了怎么办？被人逮走怎么办？野狗叼去怎么办？老鹰抓了怎么办？……多好的一只鸡啊……"

又说："若是丢的是别的鸡也就罢了，可那是咱家的领头公鸡！咱家就这么一只公鸡！要是没了，以后母鸡队伍谁来带？"

又说："咱这公鸡，虽说吧，长得不咋样吧，又瘦又矮胆子还特小，远远见到一丁点人影儿，就惊得咋咋呼呼上蹿下跳，养了一年多还没养熟，连自家主人都不认……可是！人家特会带母鸡！老子养那么多公鸡，从没见过这么会照顾母鸡的。"

又说："它一看到母鸡走远了，赶紧'咕咕咕'地唤。带出去一天，管保一只母鸡也丢不了。若是其他公鸡的话，天黑了就自个回来了，还得让老子去帮它找老婆……"

又说："吃食时，这只公鸡总是让着母鸡先吃，等母鸡都吃饱了才凑到跟前叨些剩下的渣渣……若是远远一看老鹰来了，大呼小叫，领着母鸡们就往草深的地方躲……"

又说："最重要的是，这只公鸡体格小，踩母鸡（交配）的时候伤不着母鸡。不像以前那只，当初看它又高又壮又威风，原以为是个好品种，留着配种。没想到那家伙太狠了，把家里所有母鸡都踩瘫了，爬都爬不起来，一个个背上血淋淋的，从此再也长不出毛……"

我筋疲力尽："知道了知道了，那咱还是继续找吧……"

话说这一次，那只胆小如鼠却劳苦功高的公鸡神出鬼没了好几天。白天也不知躲在哪里，一到晚上就悄悄溜回来，蹲在鸡舍外守着母鸡们，小声应和。我妈看它到底还是记挂母鸡，也没趁黑逮。结果天一亮这家伙就没影儿了，一连几天都这样。

邻居们都是热心人，纷纷帮忙。一会儿来一个人，大拍院门："他嫂子！刚路过老陈家，看到你家的灰公鸡在他家大门口树林子里！"

一会儿又来一个，门外大吼："听说西边刘家院子来了一只鸡，快去看看是不是你家那只！"

正吃饭呢，又飞奔来一位："大妹子赶快跑！你家鸡就在我家菜地边上！刚刚看到的！赶快跑啊！！"

那几天，我家的鸡比我家的人还出名。加上我妈逢人就倾诉这鸡的百般好处，人人都知道了我家公鸡踩母鸡踩得好，还会躲老鹰。

后来鸡总算逮着了。全村的人都松了口气。

果然是个好品种！等母鸡下了蛋，孵出了鸡娃，全都随他爹那德行，瘦小、干枯、整天大惊小怪、惊惶失措，一个一个跟铁疙瘩似的，生长极其缓慢。要是鸡厂的肉鸡，四十五天就能上餐桌了。而我家的鸡，四十五天了，仍比鸡蛋大不了多少。

但是，当这些鸡娃比鸡蛋稍大一点的时候，展开翅膀随便就能飞两三米远。

再长大一点,晚上就不回鸡窝睡觉了。有的飞到房顶上睡,有的飞到树梢上睡。我家门口树上全是鸡,蔚为奇观。最可怜的是老母鸡,看着孩子们飞那么高,急得在树下团团转,瞎呼啦翅膀,怎么也蹿不了一米高。没办法,品种不一样。

我建议剪翅膀。我妈不放心:"还小着呢,再长长吧。"

"再长就和咱家没啥关系了,统统长成野鸡了。"

"万一遇着老鹰咋办?飞又飞不动,躲又躲不了。"

"你觉得它们还怕老鹰?"

我妈觉得有理。在一个月黑风高的夜里,我俩打着电筒爬上鸡架,一逮一个准儿。都说鸡有夜盲症,果然没错。

所谓剪翅膀,就是把翅膀尖上的羽毛剪去一截梢头,剪完后不影响其他,只是再飞不起来了。

这才总算是治住了这群土八路。

这才想起来问我妈:"哪儿找来的公鸡啊?这品种,真绝了!"

原来她以前在桥头开杂货铺,当地人养的全是这种鸡,我妈就买了一只配种。就这样,子生孙孙生子,不管搬多少次家,不管再麻烦,都要留一只这样的鸡种。算下来,这只公鸡算是我家的野四代了。转了四代的种还这么彪悍,那纯种的还不得上天了。

这些介于鸡和鸟之间的动物，虽说不好管理，长得瘦小，下的蛋也贼小，养着似乎不太划算。但是一个个极健壮，从不生病。不像集市上买回的鸡苗，已经全都打过疫苗了，还得隔三岔五地喂药，否则很难养成。我家附近有个养鸡场，里面的鸡全都靠药物吊着命。鸡场附近的垃圾堆上每天空药盒堆积成山。

然而，如此健旺易养的品种，我们最终还是没养成几只。自从剪了翅膀，一个个没多久就死了一大半，没病没灾的，说没就没了。我怀疑它们是给气死的。

话说其中有一只鸡，从小特立独行。当所有鸡仔还只能整天跟在鸡妈妈屁股后面咔咔呼呼寸步不离时，它就喜欢擅自行动了。总是离开大部队走得远远的，自个儿翻翻捡捡找食吃，自个儿刨土晒太阳。天快黑了才归队，钻母鸡翅膀下睡觉，只有那时才像一个小鸡仔。

我妈特为之自豪，一看到它就指着说："啧，有志气！啧，胆大！啧，若是只公的，以后就留它配种！"她从来不嫌人家脾气大，也不怕管不过来。

2016 年

避孕记

我妈天天骂我不结婚不生孩子,然后又天天骂我家狗招蜂引蝶一年到头生不完的仔。我家没有一个让她满意的。

对付我她是没什么办法了,但对付狗,她老人家办法一套一套的。

第一个办法是买避孕药。那时,我们还住在荒野中的阿克哈拉村,离县城一两百公里,能买到人用的避孕药就不错了,何况狗用的。我多方打听后警告她:人和狗不一样,人的药狗吃了不但没有效果,还会生怪胎。她才不理我。真是奇怪,她坚持无理由蔑视我三十多年,也不知道哪来的优越感。

好吧,避孕药的效果还是有的。之前吧,我家大狗豆豆一年生两胎,一胎至少十个仔儿。可那年吃药后就只生了一胎,而且一胎就一个仔儿。我妈倍感欣慰。加之小狗仔能吃能喝，不呆不傻，更是加强了对我的蔑视。

直到两个月后，才发现问题：别的狗谄媚时摇尾巴，这个小狗只摇屁股。为什么呢？

仔细观察才发现……它没长尾巴。

幸亏只是没长尾巴而已，下次万一再生个没长眼睛鼻子腿儿什么的，问题就严重了。药物避孕方式宣告失败。

接下来直接拴起来。

可她老人家拴得了自家的狗，拴不了别人家的狗。那些狗一个个飞檐走壁，功夫了得。原先吧，大家都在村头野地里乱搞。如今战场转移到我家，院子里整天狗来狗往，影响恶劣。我妈驱之不尽，逐之不绝，比扫黄打非办主任还忙。

她便把豆老板拴进煤房锁起来。

这回豆老板开始反抗了。它挣断了绳子，从门缝挤了出来。那么窄的一小溜门缝！我家豆豆可是体型壮硕的大型犬啊，这不科学！

我妈换了粗绳子，并且用重物从外面把门抵紧。

它再次挣断绳子，并且再次把门挤开一道缝钻了出来。

我妈换了铁链子。这下豆老板没办法了，它沮丧又愤怒，一连几天不吃不喝，终日哀嚎。我妈闻之心碎。半夜里，豆豆嚎一声，她在被窝里叹一句。两位都辗转难眠。

117

白天里一有空,她就去安抚它:"你看你,这又何苦呢?不吃饭最后还不是自己吃亏?那些狗才不会管你饿不饿肚皮……别惦记啦,它们只是和你玩玩而已,你生了仔还是得自己带,它们才不会对你负责呢……"

豆豆理都懒得理她,卧地不起,偏头凝望向窗外一角蓝天。

而院子附近,东南西北各个角落都耐心守候着各种类型的公狗,包括两只比足球略大的流浪哈巴儿狗,根本不考虑自己的体型是否配套。总之我家豆豆魅力不是盖的,估计方圆十里的公狗都给征服了。

整天在这些狗的监视下进进出出,忙这忙那,是有些心烦,不过却令我妈倍添安全感,好像免费养了一大堆看家犬。那时候,我家已经搬到阿勒泰市郊的红墩乡。初来乍到,人生地不熟,有这么多狗义务帮忙看家护院,我妈欣慰极了,第一次觉得豆豆的骚情还是有用的。

然而,当豆豆又一次挣脱的时候她就不那么想了。那可是铁链子啊!不科学!

我妈换了更粗的铁链子。这一回,它把脖子上的皮圈挣断了。

我妈配了更结实的新皮圈。没用。它把铁链子拴在柱子上的那一端挣开,拖着铁链子从窗户铁栏杆间挤了出去。

亏我家窗户那么高，而铁栏杆间隙顶多十二三公分。

我妈大怒，直接用一个特结实的大铁笼将它扣了起来。为防止它把铁笼掀翻，笼顶上还压了一堆重物。

这一回……它打了个地洞……是的，打了个地洞，在紧贴笼子边缘的泥地上……钻了出去。

这么痴情的狗真是闻所未闻。

我妈愤怒又钦佩，打电话向我倾诉事件始末，一边说，一边骂，一边哈哈大笑。

看来硬的不行，只能智取。我妈思前想后，给豆老板缝了个裤衩。

很快，豆豆学会了脱裤衩。

她老人家又给它缝了背带裤。

它又学会了脱背带裤。

我妈把裤子上的背带拼命缩紧，缩紧，缩紧，勒得豆老板翻白眼。但人家，还、是、能、脱。

我妈终于技穷。

没有任何意外，这个发情季我家豆老板又怀上了。我妈一边骂一边给它加营养餐。这回这家伙终于消停下来，天天垂着大肚皮在家门口心满意足晒太阳，无论哪个相好的来找，都一律咬回去，正经得与之前判若两狗。

我妈又和我商量给它做个绝育手术。似乎只有这个办法能一了百了。但村里的兽医只会阉牛阉羊阉骆驼。那一年阿勒泰市还没有宠物医院，乌鲁木齐倒是有，但远在六七百公里之外。这么大的土狗，能带上班车吗？到了乌鲁木齐，这么大的土狗，能住进宾馆吗？能上计程车吗？一堆解决不了的问题。

我妈又生一计，她决定亲自实施手术。在此之前，她要去乌鲁木齐学习动手术！

这太可怕了，我赶紧劝阻。她一想也是，上了年纪，且不说眼不明手不稳，脑筋也不灵光了，未必学得会。

于是，她要我去学。

后来我还真为这个跑了一趟乌鲁木齐。好友溢溢是一家动物医院的会计，她帮我打听了一下情况，说做公狗手术相对容易一些，去掉蛋蛋就行，但母狗就难了：得剖开肚子，扒开肠子，在各种血淋淋的器官中翻翻捡捡，辨认出输卵管，再轧断，再把肠子塞回去，再把肚皮缝起来。

……算了吧，还是当作家比较容易些。

冬天，小狗出生了。热乎乎软塌塌挤了满满一窝，哼哼唧唧个没完。我妈嘴里骂着，脸上笑着，颇有当外婆的喜悦。很快小狗能跑能跳了，满院子撒欢，生机勃勃。我妈感慨："唉，要是咱们有能力，统统养起来该多好！"

可当时的我们，哪有那个能力呢？一个个跟猪一样能吃。我们开始四处寻找愿意收养的主人家。这件事的难度简直和给豆豆做避孕措施的难度差不多。这年头谁还养土狗啊？

好容易送完了，可狗狗们的结局大多都不好。一想到曾经快快乐乐肥肥嘟嘟干干净净的它们，后来成了瘦弱惊惶的流浪狗，或因为没被养好而中途惨死，就深深悲哀，倍感无力。似乎它们来这个世上一遭，只是为了受苦和死亡。我妈说："所以一定不能让豆豆再怀上了。"所以她的计生工作仍没有结束。

前年春天豆豆死了。乡间老鼠药毒耗子太多。我们都很伤心。我埋怨她为什么不把狗拴起来养，她怒道："为什么不把你拴起来养？"我竟语塞。又一想：关键是我家豆豆哪能拴得住啊！

想念豆豆，便写了这些。

2016 年

老乡记

在阿勒泰市街头,路过一个断号缺码的特价鞋摊。一看价签,可真便宜啊,非同小可地便宜。再一看鞋底,几乎全是我的码……顿时走不动了。一屁股坐在鞋摊边,雄心勃勃试了起来。心中已然打开豪迈之门。然而没一会儿,这豪迈之门就被老板"砰"地关上。她帮我包装到第二双就不耐烦了:"两双就够了吧!买那么多干嘛?你穿得完么你?!"

我只好就拎着两双鞋痛心地走了。

在阿勒泰,去邮局寄一份合同。出来约朋友吃了个饭,吹了半天牛,逛了半天街……这才终于想起来,合同上没盖人名章。

再细下一想,何止人名章,连名儿都没签,寄走的是一份空白合同……

立马冲回邮局。气喘吁吁一问，幸亏还在（还特快专递呢……）。柜员小姑娘二话不说帮我找到邮件，帮我拆开，看着我签名、盖单，再原样封好。

总之万分感谢阿勒泰邮局的柜员同志们。虽然不认识，这些年来却帮了我无数的忙。比方说前几年有一次，领导给我一大沓邮票，让我去寄一大叠文件。结果我把邮票寄走了，文件原带回单位……那次也是他们帮我找了好久才找回那封信。

还有一次，我寄走一包干果后，第二天想起来应该再给对方寄一本书。于是又跑到邮局，把包裹要了回来（特快专递……），拆开，把书塞进去，再一过秤，没超重。于是分文未添。

在阿勒泰，我在单位上班那会儿负责保管单位公章。有一段时间没有橡皮，就用公章擦。那时候的公章是橡胶做的嘛。特好使。不但能擦铅笔字，圆珠笔字也能擦呢。后来渐渐地，就把公章擦缺了一个角。领导很生气，说："你非要用公章擦的话，也应该倒过来用另一头呀，干嘛非得用有字的那一面！"

在阿勒泰，牧场上的野草莓成熟的季节到来了。一个刚认识的司机师傅为我指向北方的一座山,说:"那里的草莓最多了,多到什么程度呢?根本不用你伸手去捡,你只需一头栽到草地上,拉展躺直了,把头往左扭一下,张嘴啃几口,再把头往右扭一下,接着再啃……"

在阿勒泰,弄丢了手机。捡到手机的人挨个儿拨打电话簿里的联系人,最后终于联系到我。我们约好在某地碰面。拿到手机后,为表示谢意,我拦了一辆计程车,想送他回家,结果变成他送我回家……最后他抢买了单。

我猜,要不是我非要闹着打的,他原本是要搭公交车的。

2012 年

末日记

我妈之前长期住在一个哈萨克牧业村庄,村民全是哈萨克族老乡。语言的障碍加上地理的偏僻,令她过着安静、闭塞、一成不变的生活。自从搬到了汉族人扎堆儿的红墩乡,她迎来了生命中的第一次信息大爆炸时代,出去放个牛,都能收获一堆八卦。和我谈起村里的各路小道消息时,每每令我自惭想象力不够。

时值2012,全世界最大的谣言席卷地球,红墩乡也没能幸免。况且红墩乡的村民们如此富于想象力,再加上信奉上帝的一些村民(一直没弄清楚到底是基督教还是天主教,总之相当可疑,我疑心就是某类邪教……)四处散布末日审判的到来。于是乎,理论强化了想象,这一谣传在我们村很多人嘴里几近铁定事实。

一谈及此事,所有人面色凝重,语气深沉,兼之口水乱喷。唉,我无论在哪儿听到末日论,都没有我们村的人所讲述的那么精彩，细节之丰富，剧情之狗血，主题之宏大，理论之完善。每告一段落，说的人都会加一句："宁可信其有，不可信其无啊！"

我妈在我的影响下，对此事不屑一顾。每当和人谈及此类话题，就豪迈道："怕啥？死就死呗，要死一起死！"

然而回到家，细细思量一番，瞅瞅牛，再摸摸狗，不行，还不能死。便和我讨论此事的可信度。我好歹也是一作家啊，一文字工作者，一语言专业人员啊，渐渐地，竟然影响不了她老人家了。直到有一天，她告诉我，她已经囤了五百斤大米、两吨玉米及无数蜡烛……

这些事还是偷偷摸摸做的，她老人家生怕村里人知道我家存粮丰足，到时候趁乱打劫。

等再和我谈起世界末日时，讨论的已经是方法论了。

不知全国人民是怎么看待这件事的，总之那段时间，红墩人民囤蜡烛囤疯了。亏我妈还担心别人来抢呢，她想多了。

顺便说一下我们村里那群宗教狂热分子。传教的架势跟拉壮丁似的。虽然钦佩他们的虔诚与激情，但我对他们的组织建设实在不以为然，浑水摸鱼的太多了。有一位"姊妹"曾向我抱怨，说卖给我家房子的原房主也信过几天教，但他入教的动机不纯。他家办了养鸡场，老两口整天宰鸡拔毛，累惨了，便入了教。因为互助互惠是教徒间的约俗，于是附近的"兄弟姊妹"纷纷跑来帮他拔鸡毛。毛拔完了，鸡处理一空，他把房子一卖，闪了。

"愿主宽恕他！"最后她咬着牙说。

相比之下，我妈是个老实人，信就是信，不信就是不信，不为人情所累，也不贪图小恩小惠。就是心软了一点。面对传教的邻居，拒绝的时候，更像是欲迎还拒。

随着12·21这一日子渐渐来临，向我妈宣教的大姐也愈发痛心疾首："这是最后的机会！审判即将开始，不信我主的，统统熬不过末日！他将活在永恒的黑暗的受苦和懊悔之中！"

恐怕不管是哪路神仙都不太喜欢临时抱佛脚的人。怕死才入教，别说上帝不乐意，自己都感到心虚。反正我妈始终顶住了对方善意而崇高的关怀，但不知为何，偏就接受了"末日"一说。

"宁可信其有，不可信其无。"她这么安慰自己，又说，"反正做两手准备也不麻烦。"说这话的时候，我似乎感觉到，她甚至还在隐隐企盼末日的来临。我猜，冒险精神可能是人类共有的深暗激情。

她向我形容，到时候要没日没夜地黑四个月（不久前，她转述的谣言是只黑三天……），而且尘霾密布，气象恶劣，引发各种自然灾害。城里也停水停电，很快就乱得不可开交，秩序瘫痪，犯罪事故频发。最惨的是，城里人家家户户就那么大点的房子，顶多有个地下室，能储备多少战略物资？不说别的，上厕所都成了问题……啧啧啧，还是我们乡下好，有井有粮食，别说四个月，四年都能扛过去。

她又说，到时候可邀请我的朋友们来家里避难。她为此囤了好多汽油。一旦情况紧急，到时她可骑三轮摩托车进城接他们……

我大为诧异，她什么时候变得这么大方了？

但是接下来，她又说："唉，没办法，咱家就我们两个女的，没男人不行啊，若是邻居来抢劫，哪能打得过……"

原来是招保安呢。

正巧我的朋友老方老杨两口子刚去了一趟北京。在那里，他俩跑去听某某法师的讲座，现场也有信徒问及末日的事情，法师回答得模棱两可。老方回来后和我妈闲聊及此，悚然心惊。佛祖和上帝难得统一认识了啊！好吧，宁可信其有，不可信其无。她回家后开始囤压缩饼干……后来还跑到我家查看地形，并预订了两间空房。

我本来打算静待谣言灭了之后再好好拾掇我妈的，可渐渐地，竟然……也有些动摇了……宁可信其有——唉，最早说这话的老祖宗啊，你可真是谙透人性。

到了 12 月 20 号那天,甚至还纠结了一下下:至少备几根蜡烛吧?

幸亏我是骄傲的。人前人后都骄傲才是真骄傲。于是那天我蒙头大睡,第二天就忘了此事。过了好几天才想起来,打电话问我妈:"家里那么多米,得吃到什么时候啊?"

我妈淡淡说:"没事,咱们新疆天干,又不长米虫,再多粮食都放得住。尤其苞谷,放几年都不坏。喂鸡喂鸭,冬天还能给牛保膘,就是再来几吨都不嫌多。"

我刚放下心来,她又淡淡地说:"就是蜡烛不好处理……"

这事就这么完了。

她特意找出一枚小佛像,天天戴在脖子上,再有人对她宣扬主的恩旨,就把佛像从领口掏出给对方看:"不好意思,我已经信佛教了。"这回拒绝得干脆利索,毫无商量余地。

2017 年

大院记

2012 年的春天，我生平第一次拥有了自己的房子。是个大院子，位于农村，没有产权。按说买卖此类房屋风险很大，但旧房主和我的关系非常近，是我的好朋友的好朋友的小舅子的好朋友的爸爸。我觉得还算靠谱，便为之投入毕生积蓄。

房子很旧，已经使用了三十多年。石头地基，土坯墙。中间隔墙上裂了一道吓人的大缝，当初看房的时候，原房主在那里放了一面柜子，把缝给遮住了。如果当时发现这道缝的话，至少还能杀价五千块。此外，北墙的墙根没有修引水沟，地基成年泡在湿泥中，已大幅外倾。如果不修几堵斜墙抵在后面撑着，没几年房子就得塌。买房时正值冬天，后墙根处堆满了积雪，没能看出其倾斜度，否则还能再杀五千块。

总的来说，还是觉得靠谱。

此处距城郊十几公里，半小时一趟班车。搬家之前，我每天搭车去巡视一下领地。每次都累惨了，累得一回到住处就倒头呼呼大睡。

和老杨闲聊，谈起这事："怎么每次去农村的房子，回来都累得不行？"

老杨很有把握地说："你是不是在那边睡了一觉？"

我说："是啊，你怎么知道？"

他接着说："当你到了地方就觉得累了，先在院子里转一圈，找个地方倒头就睡。睡醒一看：天色不早了。于是就搭车回阿勒泰了……"

"你怎么知道？！"

他高深莫测地笑了。

我睡觉的地方是一只牛食槽。食槽是木头钉的，又宽又大。院子还没收拾出眉目之前，到处很脏，没个落脚处，只有这只木槽里稍微干净一点。而且很安全，若有人从河对面的高坡上看过来的话，根本不知道里面睡着一个人。我蜷在里面晒太阳，晒着晒着就睡着了。那段时间总是晴天，世界光明万里。

每当一觉睡醒，从槽子里坐起来四下张望，什么也没有。邻居家的牛从围墙豁口处闯进院子，旁若无人地啃食去年剩下的苞谷秆。春日的土地上空空荡荡，只有去年的韭菜一行一行冒出了头。看一会儿又开始瞌睡了。不知为何瞌睡总是那么多。

后来我想，可能因为这是我这辈子买下的第一个房子，是第一个真正属于我的角落，是迄今为止全世界最让我安心的角落吧？

其实买房这事，最高兴的还是我妈。她远在荒野中的阿克哈拉小村，激动得整天坐立难安，非要闹着过来看看。

我说："有啥可看的？目前就一空院子。"
然后让她赶紧安排搬家的事。

她悲伤地说："不行！我现在都没法睡觉了。一睡着了就梦到咱们的院子，已经梦到三次了。一次和一次梦得不一样。我急得不行，不过去看个明白，不知又要做出什么梦来！"

于是她就来了，骑摩托车来的……阿克哈拉村距阿勒泰市三百多公里。

我去路口接她，接到一看，老人家骑的还不是两轮摩托，是挂着拖斗的农用大三轮，长度跟普通轿车差不多，还没有挂牌照。而她老人家也没驾照，并且没有戴头盔……难道这几百公里都没有交警吗？

我问:"怎么通过公路收费站的?"我们这里的国道线有很多路段也是收费的。

她高兴地说:"可能人家看我的车小,主动放行。还给我敬了个礼。"

我又问:"如何过北屯的?"北屯市是必经之地。

她说:"一脚油门就过了。"

站一旁的好友刷子忍不住问:"阿姨,你认识红绿灯吗?"

她老实地说:"不认识。"

"……"

她老人家又憨厚地说:"反正我就跟着前面的车走,他们怎么走我就怎么走。"

刷子拱手:"老英雄!"

搬家在即,我四处联系搬家的卡车。我觉得雇一辆五米长车厢的卡车就足够了,顶多雇个七米长的。

结果我妈雇了辆十二米长的。

"妈——"我在电话里语重心长地劝,"你那些破烂,能扔的还是扔了吧……"

她委屈道:"都扔了一大半了!你不知道,这几天阿克哈拉跟过年一样,好多人一大早就过来守在门口,我扔啥他捡啥。"

于是她将她毕生家当的一小半搬到了新家。有两头牛，两只狗一只猫，四只鸭子一群鸡。大米、面粉、玉米碴、麸皮、葵花籽等粮食饲料数十吨，葵花籽油数百公斤，足球粗的木材几十根，五米长的木板上百条，保温用的珍珠岩无数袋，卫生纸几麻袋……我已经无力罗列，差点忘了她老人家是开杂货店的。

要不是码得超出限高，十二米的车厢根本不够用。

正因为太高，我家大铁门上方的电线差点给挂断。

卸车的时候一片混乱，狗跑了，鸡飞了，牛不肯下车。我们刚搬到这个村子不到两小时就出了大名。接下来我妈找鸡找了三天。

作为外来户，在一个完全陌生的地方展开生活，我心里不踏实，我妈也好不到哪儿去。我的对策是呼朋唤友，三天两头组织看房团前来参观，以营造一种车水马龙，人丁兴旺的繁荣景象。她的对策是多多养狗，并四处宣扬我家的狗之凶残，之六亲不认。

除了之前的小狗赛虎和大狗豆豆，以及后来被朋友家亲戚弃养的卡尔（赛虎的儿子，十年前送出去的），我妈很快又收养了一条小狗。是她去小镇赶集时捡回来的。当时刚满月,被抛弃,饱受虐待,断了一条腿。我妈将打狗的人骂得默默无言,然后抱回家中为它包扎伤口,并为之取名为"小狗"。冬天来了,她还给它缝了件棉衣。从此不管它走到哪儿都遭人嫌,那件衣服实在太丑了。

由于狗太多,便规定一部分狗不允许进入室内。比如豆豆。它的劣势在于体态过大,并且没有眼色,总是四条腿伸得长长的,拉直了身子横卧房间的各处交通要道。不许小狗进房则是因为它脸皮太厚,整天上蹦下跳,摔盆子砸碗。

我妈作为狗总管(同时也是牛总管,猫总管,鸡总管,鸭总管,鱼总管,花花草草总管),每天上午出门放牛以及下午接牛回家的时候会率领众狗出门玩耍一会儿。阵仗之大!前呼后拥,左吠右跳。有开路的,有护驾的,还有巴结领导的。虽略嫌丢人现眼,却各自欢喜不尽。

赛虎和卡尔作为室内狗,平时划走廊为界,南北分治,互不搭理。一旦出门却立马团结一致,共同鄙视小狗,嫌它人来疯,嫌它穿得砢碜。而小狗毫不介意,冲二狗无尽谄媚。

由于各有个性,很难统一管理。我拍照时从没拍到过一张所有狗都能集中在一个画面里的照片。

其实我家还有一条超大型狗,是牧民转场路过村子时走丢的牧羊犬，凶猛沉着，气度非凡。我妈给它取名为"阿黄"，还为它在冰天雪地中搭了个狗窝，每天喂两个麸皮馒头。但它总是很客气，自知身份不同，对其他狗低眉顺眼，连同为新晋职工的小狗都能把它咬得团团转。可面对闯入院子的外人却吼得最凶，不依不饶，尽职尽责，狗名远振。然而，因为看起来太凶，不久后被村民打死了……打狗的人说，担心它偷鸡……我们气愤而无奈。只有我们知道阿黄是温柔而懂事的。据说这个地方一到冬闲的时候，很多男人都会四处打狗吃。

　　说完狗再说牛。我家一搬过来，人还没融入新的环境，牛就已经融入了。我家的黑牛因为太壮（牧民称之为"胖"），在全村鼎鼎大名，无人不晓。我妈每天下午出去找牛，迎面遇到人了，不等她开口打问，都会立刻告诉她："你的牛刚从那边经过。"或："别往前走了，前面没有你的牛。"

　　奇怪的是，哪怕是转场经过的牧民，只在此地停留十几天，也都能认得出我家的牛。好像对大家来说，区别一只牛和另一只牛是极简单的事。而我和我妈觉得除了我家的牛，其他牛都长得一模一样。

　　我家牛发情的时节，我和我妈还没注意到，乡上兽医站的工作人员就先发现了。他特意骑着摩托车前来通知，要求我们在他们那儿配种。据说这是规定，是地方政府改良土牛的百年大计。虽然我们很不情愿配黑白花的荷斯坦牛，但不敢违法，只好花了五十块钱配了种。结果来年秋天，我家的牛还是坚定地生下一头土牛。

若是这头小土牛像它妈也就罢了，只能说明它妈基因强大，问题是它既没有一点黑白花牛的特征，也丝毫不像它妈。唯一的可能性就是：那五十块钱白花了。人家出去吃草时自由恋爱，找了个瞅对眼的自个儿配上了……我和我妈非常满意。然而又听说不允许养牛户私下配种，还有人说谁家有未阉割的成年犍牛会被强行牵走。但愿说这话的人是在瞎说。

我们不喜欢黑白花牛，这种牛唯一的优点是产奶量高。可大家都说它的奶水稀薄，并不如土牛的牛奶浓稠香甜。并且这种牛看起来高高大大，体能却很弱，总是不停生病，跟养鸡场的肉鸡一样，得不停吃药打针才能吊着一条命，远不如矮小精壮的土著牛更适应本地的高寒气候。若是让这些牛跟着牧民们转场迁徙的话，没几天就呜呼了。

可能只有牧业地区仍是纯种土牛的天下吧，农村的土著牛已经不多了。有人专程来我家打听，想把小牛（是只小犍牛）买回去做种牛。出了五千块，按说这个价不算低，我妈却死也不干,说它还小,才三个月大,还在吃奶。

对方哭笑不得:"到了我们那儿,我们也给它吃奶。"

我妈说:"才三个月就给卖了,它妈剩下的日子怎么过?"

对方深感我妈不可沟通。

额外提一句,我家是全村(有可能是全阿勒泰)唯一只喂粮食和草料,从不喂复合饲料的养牛户。村民们都说我们是假农民,不会过日子,把钱不当钱。我妈吓坏了,她特担心被人误会为有钱人。

接下来说猫。我家的猫总是越养越多,好像我买的这座房子其实是个魔法生猫机,猫咪生产线。

我家养过很多猫,但往往一长大就跑了。我妈说,跑就跑吧,肯定是外面比家里好才跑的。但是有一只黄猫我妈实在舍不得,它才三个月大就逮了无数老鼠,立下丰功伟绩。我妈决定等它再长大一点就拴起来养。黄猫要是知道了立马离家出走。拴着养,多屈辱啊,又不是狗。

老杨两口子进贡一只白猫。流浪猫,三个月大,有一定的野外生存经验和厌世心态。估计打算在我家住到老死。它从不捉老鼠,擅长抢狗食。自己拉的便便从来不埋,每次都得让我妈去埋。我妈倍感屈辱,因为实在太臭了。而且它总是随地大小便。我妈对付它的唯一武器就是破口大骂。如果不奏效，就加大嗓门骂。若还是没用，就飙高分贝继续骂。

我说："何必呢，打一顿立马学乖了。"

我妈说："那么小一只，实在下不了手。"

于是继续天天骂。

每天一部分猫早出晚归，辛苦而神秘，另一部分猫天天挤在窗台上晒太阳。

晒太阳就晒太阳嘛，偏偏都喜欢卧在花盆里晒。卧花盆就卧花盆嘛，还非要把花盆里的花压在肚皮下。我妈怒不可遏，便在所有花盆里插满三寸钉和碎玻璃片，统统尖朝上。

既然提到花，就说说花吧。我觉得，很大程度上，我妈正是为了我家的花才渴望换一所大房子。然而，这幢房子虽然蛮大，窗台却太小，放不了几盆花。她便雇人把屋顶揭开，把窗户拆了，再把窗洞四面拓宽，再定做了一面超级大窗嵌到墙上……——工程之浩大，若详细描述的话非累死我不可。

窗户整大了，可光线仍然不足。她开始砍树……那可是长了几十年的白杨树啊，又高又壮又直又气派的白杨树啊，亏她下得了手！可把我气坏了。若我们是两口子，我立马和她离婚。

窗户大了，窗台宽了，阳光也没遮挡了，可花还是养不好。亏她一赶集就买花盆，囤了一大堆，到头来全空着。

她对花一片痴心，感动中国。若是花知道了，肯定得玩儿命地拔节开花，投桃报李。可花不知道。她也没法了解花的心思。今天听这人说某花喜潮，便拼命浇水。刚浇透了，又听那人说其实不能多浇，就赶紧把花拔出来，摆到太阳下晒根儿……——晒根儿！她以为跟她洗完脚踩盆沿儿上晾干一个道理吗？

天气冷的时候，就用电热毯把花盆裹起来，用塑料袋罩起来。

天气热的时候，明显地闻到家里味道不太对……

"哪儿来的屎味儿？"

"胡说，是黄豆味儿！"辩解完毕，又不好意思地承认，"黄豆渣正在发酵呢……我在沤肥……"

——沤肥！在家里沤肥！

我立马离家出走，并且直到现在都没回去。

她不知从哪里得了一盆攀爬植物，长势喜人。我们幻想它能爬满整整一面墙，便折腾了一整天，把客厅那面墙上统统拉满铁丝网。结果那盆植物平时长得贼快，几天蹿出去一大截。被固定到铁丝网上之后，突然生命定格，接下来一天比一天萎靡。最后……

最后，墙上光秃秃的铁丝网太难看了，我们又费好大劲儿把它给拆了。

还有绿萝。按说绿萝应该是普天之下最好种的花吧，可我家的绿萝养了两年，除了越来越蔫巴，丝毫没动静。整天一副沉冤待雪的光景，从不见冒过一片新叶子。

可在这方面我妈永不放弃。一赶集必买花盆，一进城必逛花店。那是我永远无法理解的热情。

好吧，接下来再说说鱼。动荡的家庭是没法养鱼的，这一次，她觉得后半生会固定于此了，开始了大规模的养鱼计划。

房子刚修好没多久，有个朋友来看我们，带来了一只漂亮的水晶瓶。我妈欣喜若狂，眼巴巴盼着人赶紧走。人家前脚刚走，她后脚抱起瓶子就亲："运气越好，想啥来啥！我这几天正念着若是有个这样的瓶子就好了……"立刻进城买鱼。

她在鱼店的巨型水族箱外观察了几个世纪之久，最后终于选定了两只，一黑一红。老板非常配合，在密密麻麻成千上万一模一样的鱼群中硬是帮她捞了出来。

后来就三天两头往水族馆跑，越买越多。终于，水晶瓶太小了，换了个玻璃鱼缸。后来，金鱼和热带鱼闹矛盾，只好再买一个鱼缸搞成两个自治区。再后来，大鱼欺负小鱼，只好再买一个鱼缸。再再后来……我家鱼缸就和我家的花盆一样多了。

放牛闲暇间，我妈把养鱼这件闲事向村民们普及，大家都很感兴趣。我家的红绿灯产下小鱼苗后，纷纷来讨要，一个个兴致勃勃养了起来。我妈热心，除了送鱼苗，还附送小鱼缸，是她去乌鲁木齐时到花鸟市场批发的。

后来大家来串门，看到我家的小鱼苗已经长老大了，很惊奇："咋回事？一批的鱼，我家的咋还是原先那样一丁点大？这半年就没见长过？"

我妈也很惊奇："那你平时都喂些啥？"

对方更惊奇了："啊？还需要喂吗？"

——居然半年没有喂鱼……可怜的小鱼，本来就是小朋友，正在长身体，还整整半年没得吃！由此看来，鱼的生命力太强悍了。后来每当我出远门，惦记家里的鱼时，就想一想这事安慰自己。

总之，再也不用搬家了。

有一天，我妈告诉我，她想买一张新床。

她说:"别的家具嘛,旧的破的都能凑合着用,咱没必要讲究。但是床嘛,我想买张新的,想买一张最最好的!……"

我当然要支持。可刚买了房子,又花钱打了井,修了院子,伤筋动骨的,一时手头无闲钱。正想开口劝她先将就下,这时,她又说:"因为这辈子我可能就死在这张床上了。"

"……"

我心有所动,深深记住了这件事。但她自己却很快就忘记了。

我们家木板特多,她想充分利用起来,在客厅铺一面几米长的大通铺。如果来了远客,多少人都能睡下。平时上面铺上毡毯,支上炕桌,大家还可以坐在上面喝茶。这是之前我们生活的那个村庄的哈萨克家庭的室内格局。

床板多的是,可床腿没处找。我出主意,把家里那几根又直又粗的大木头(之前说过,有足球粗)锯成六截,不正好稳稳当当的六个床腿吗?

我妈大喜:"好主意!"

说干就干。我压着木头我妈锯,我妈锯累了就换成她压着我锯。两人轮流干了半天,累得半死才锯出来一只床腿。没想到这么难锯。

于是我又出主意，前房主不是给我们留下来一大堆方凳吗？凳子不也挺稳当吗？挑六个一样高的不就是六个现成的床腿？

我妈又大喜："不早说！"

可惜凳子有点高，矮十公分才合适。这个好办，凳子腿多细啊，比粗木头好锯多了。于是我们俩又抢着锯子上。

凳子腿的确细多了，可问题是凳子有四条腿啊！处理完一只凳子后，我俩同时感到前途渺茫，面对剩下五个凳子，同时沉默了。

好吧，凳子也放弃了。

我妈拾了几块砖往地上一摞，上面木板一铺——成了。

我俩刚把房子整修好，布置完毕没多久，就发生了一件大事：鸭子被洪水冲走了。

我妈欲哭无泪，打来电话向我倾诉事件始末。那天下了好大的雨，山上的洪水很快下来了，从院子南面那条没有加固堤岸的河沟里滚滚奔涌而来。水位瞬间涨了一两米。水流汹涌，对岸的一棵沙枣树都被冲倒了。我妈吓坏了，冒着雨赶鸡吆鸭。鸡倒是全都回来了，可鸭子一个也没了。

她披着雨衣四处寻找，"鸭鸭鸭鸭"地呼喊（我家的鸭子名叫"鸭鸭"），又顺着河岸往下游走了很远。天色越来越暗，水流越来越急。一无所获，我妈只好先回家。吃了点东西，又把猫狗鸡牛都安顿好了，仍然放不下鸭子。明知救回来的可能性很小，仍打着手电再次出门冒雨寻找。

院子西头那截河岸较矮，河水涨得快要与岸边平齐，鸭子之前一直在河床最底端的水流边玩耍，万一迎面遇到这么猛的大水，瞬间就会被冲走。尤其是那只半瘫的胖鸭子，它的腿脚坏了一年多，一直都是爬着走的，更是躲都没法躲。

我妈难过之极。说了很多关于鸭子的事，养了多少年，感情如何深，下蛋如何勤之类，无论我怎么安慰都没有用。那时我已经搬进了城里，又没法陪她一起找。

谁知第二天，剧情反转。一大早，我妈沉痛地端着鸡食盆走向鸡舍的时候，突然看到所有鸭子像往常一样扑腾着翅膀争先恐后冲上来抢食……好像什么事也没发生过似的。

真是太神奇了！头一天夜里她明明顺着河岸上上下下都找遍了啊？

我妈问它们："你们躲哪里了？"

没鸭理它，只顾埋头大吃。

我妈又夸奖:"真聪明啊,真厉害啊,那么大的水都不怕!"

鸭子们这才抬头嘎嘎叫。

再说鸡。鸡没什么可说的,一个个最可恶了,总是叨西红柿吃。吃就吃呗,但是能不能吃完一个再吃下一个?为啥非要在每个西红柿上都叨两口,好像在挨个儿比较不同西红柿的味道。接着又开始比较葫芦瓜。每个葫芦瓜上也是两口。接下来是生菜、卷心菜、草莓……之前我拍着胸脯盛情邀请朋友们在丰收季节来我家院子采摘无公害蔬菜,之后没脸再提。满院子残花败柳,残果子烂菜叶。

最后,说说燕子。

此处燕子真多啊!仓库房梁上有好几只燕子窝。我们刚修好窗户还没来得及装窗玻璃的那段时间,每天窗格上都站满了燕子。一个窗格站两只,八个窗格共十六只。我们都很纳闷,这是什么队形?直到大燕子从远处笔直悠扬地飞来,十六只燕子一起振翅、探头、张嘴,热切迎接大燕子嘴里衔回来的那口吃食时,才恍然大悟。

燕子们小的时候在巢里等饭吃,等长大一点能飞了,就飞到外面没玻璃的窗格上等。真是一群啃老族,明明自己都能飞了，明明体态都长得快赶上爹妈一样了，还不肯自己出去觅食。

大燕子们真忙啊。爸爸来了妈妈去，穿梭往返，马不停蹄，鸟不停翅。划着优美的弧线从蓝天中出现，把食物准确地，不，异常精准地递送到小燕子口中——"嗖！"地一下就喂投成功了。不用事先瞄准，不用减速，也没有丝毫犹豫。我觉得卫星的对接都比不上这场母子间的对接更令人惊叹。我和我妈简直舍不得装玻璃了。等窗户都封死了，燕子们去哪里排队打饭？

这十几只小燕子并不是一窝的。据我观察，有好几对大燕子打食送食，估计是好几个家庭吧。于是感到困扰，燕子们都长得一模一样，万一喂错了怎么办？岂不便宜邻居家熊孩子了？还有，大燕子会数数吗？能记住每个宝宝分别各吃了多少口吗？万一有人饿着有人撑着咋办？……操心得不行。

傍晚燕子们回了巢，统统把脑袋挤在窝口，屁股朝里脸朝外睡觉。一个个跟菩萨似的。我妈每天晚上关闭仓库之前，都要数一数归巢的燕子。若数量不够，就开着门继续等待，等所有燕子都到齐了，才关门熄灯安歇。我觉得这一点颇有林黛玉的格调。林妹妹也会吩咐丫头给燕子留门呢。

我家有一只猫有一天想窜上房梁逮燕子，被我妈逮住批评教育了一顿。她痛心疾首地指着它的鼻子说："你怎么能做这种事呢？那可是我们的燕子啊，是我们自己的燕子！"好像燕子是她养的。

总之，自从买了大院子，我妈精神面貌焕然一新，当家作主，斗志昂扬，雄心万丈，欲大干一番。很快，我家鸡的数量扩张了三倍，狗扩张了两倍，牛零点五倍（之前就带着一只小牛，第二年又生了一只小牛）。牲畜多了，饲料不够，于是又种了五分地的向日葵、一亩多地的高产玉米。菜地更是种得满满当当，边边角角见缝插针。从黄花菜到西瓜，从黑加仑到草莓，无奇不有（后来统统被鸡糟蹋了……）。菜地大了，井水供不上，便又花了一万块钱打了一口深井，两只水泵一起工作。老人家整天在地里从早忙到晚，往往凌晨一两点了还戴着矿灯在地头浇水。

我一看苗头不对，便劝说道："人生在世，量力而为。"结果，她把我的力也算进去了。我的腰肌劳损就是那会儿落下的。

在买院子之前以及买院子初期，我对未来生活怀有巨大憧憬。我要满院子种满鲜花，要门前空地铺满红砖，要葡萄架和吊床秋千……结果到后来，这个院子被我妈经营得还不如农家乐。再一想，算了，鲜花和红砖也不是我妈的风格。一山不容二虎，还是分家吧。

  随意记下一些往事。其实，直到现在，拥有一座院子仍是我的美梦。但同样的热情恐怕再也不会有了吧。

2017 年

沟通记

我在机关工作多年,对那段经历似乎并没有什么深刻记忆。但翻看当时工作之余的一些随手记录时,我猜,当年的同事肯定会对我记忆深刻。真是难以形容当时的我的存在状态……总会令大家的日常工作疑云密布。

其中有这么一段没头没尾的对话——

对方:"李娟,这个会议一结束你去一趟委员会议室。"

我:"哪个委员会议室?是从左边上的那个,还是从右边上的那个?"

对方一头雾水状:"左边?右边?上?什么意思?"

"哦,我明白了,应该是从左边上。"

"左边上是什么意思?"

"但是我要去三楼。"

"三楼?应该是四楼吧。"

"通知的不是三楼吗?"

"是四楼。"

"那四楼是哪里?"

"委员会议室啊。"

"那三楼是干什么的?"

"谁知道!三楼是你自己说的!我说的是四楼!"

"那为什么通知我去三楼?"

"我没说三楼!"

"我知道,你说的是四楼。但是从左边上还是从右边上?"

对方崩溃:"什么意思?从左边上是什么意思?从右边上又是什么意思?拜托,我只说了一句话而已,我只不过通知你去开会而已,怎么把事情搞得那么复杂?!"

"我知道啊,但是为什么要通知我去三楼?"

"我说的是四楼!!"

"我知道你说的四楼,但是去四楼干什么呢?"

"开会啊,稍后全单位的在家干部都要去。"

"那为什么又通知我去三楼?"

"……谁通知的?"

"L主任啊。"

对方疲惫不堪:"明白了……那你就去三楼吧……"

"那我还去不去四楼?"

"既然另有安排,那你就不用管这边了。"

"可你不是说我们都要去四楼吗?"

"可你不是要去三楼吗?"

"是啊,但是,我现在搞不清到底还去不去四楼了。"

对方痛苦地:"既然都说清楚了,当然不用去了……"

"咦?清楚了吗?那我怎么还是不太明白?为什么一会儿要我去三楼一会儿又要我去四楼?到底从左边上还是从右边上?"

对方丢盔弃甲:"好好好,就当我什么也没说吧……"逃了。

2017 年

时光记

今天重看了一遍《少林足球》。发现一个细节，阿梅向周星星告白的背景音乐是《索尔维格之歌》。

记得我第一次听这段旋律，是出自自己的演奏。

十八岁时我想掌握一种乐器，想来想去买了一把口琴。对着一本自学教材，一有空就呜啦呜啦地练。渐渐地，就能把教材上面所有的练习曲谱都吹顺溜了。开始寻找新的曲谱。

那时我在一个闭塞偏远的哈萨克乡村当裁缝，青春被倒扣在铁桶之中。却并不感到压抑，野蛮地希望着，混沌中奋力奔突。有一天我照着一本失去封面的旧乐谱里的一段简谱，吹出了这支旋律。

吹完，翻一页。接挨着的下一首是《重返苏莲托》。

从此，我固执地认为这两支曲子间有坚固的联系：前者是无限沉沦和被抛弃，后者是飞驰和拒绝被抛弃。我长到十八岁，感到生命中有大欠缺，又感到只需这两首歌，就能饱满地弥补一切。我收获了两首歌,突然间一切都足够了,又突然间欠缺更多。

我一遍又一遍地吹奏它们,那时我好喜欢自己的十八岁。我觉得所有的年龄里唯有十八岁最适合自己。十八岁的时候,我渴望去很多很多地方,最后只见一个人就够了。

又过了十年,我才听到我的口琴之外的《索尔维格之歌》的版本。最初听到这支旋律时的情绪在那时完整重现,稳稳当当顶在胸腔,毫无增减。那时我还是想去很多很多地方,想见到各种各样的人。我二十八岁的时候好喜欢自己的二十八岁。那时,所有的年龄里只有二十八岁最适合自己。

而此时此刻,屏幕中,阿梅正极力掩饰生活的种种难堪,用尽青春中最大的勇气,问出一个问题。然后被拒绝。她感到绝望,可这狼狈窘迫的人生还是得继续下去。于是她笑了。索尔维格的音乐声若有若无,人间悲喜忽明忽暗。我找出尘封多年的口琴,试吹了两个音后,两段旋律自然而然淌出。前面是《索尔维格之歌》,接跟着《重返苏莲托》。顺序天生如此,弥补的力量二十年未变。好像不是我熟悉它们,而是我的嘴唇熟悉它们。此时此刻,除了三十八岁,我对什么年龄都不满意。我真心喜欢我的三十八岁。

三十八岁的我哪儿也不想去了。但是,至少还想见三个人。

2017 年

郊游记

今天陪红姐两口子去石人沟看房。那些房子非常奇怪，号称别墅，三十年产权，有房有院有水有电。重点是便宜，一套三十五万。当然咯，我们谁都没看上。真的从没见过这么破的别墅，我们都替盖房子的老板感到害臊。

红姐说："哼，白送给我我都不要。"

我想了想："若是白送的话，我还是会要的。"

这里好歹是真正的农村呢。门口有路，前后是山，旁边还有一块玉米地。

玉米地旁边有一小块斜坡，被各种花花绿绿的临时材料——也就是各种垃圾——圈了起来，里面养着几十只鸡鸭鹅。

我说："这家人咋这样养鸡呢？跟我妈一样邋遢。"

我们正议论着。突然，不远处垃圾最密集处站出一位大婶，笔直瞄准我们大喊起来，以咏叹调般眩目的腔调：

"姐妹们啊……

快来啊……

来看看我的菜地啊……

还有我的葫芦啊……

我这儿啥都有啊……

我这都啥都种啊……"

——姐妹们的第一反应第二反应及第三反应分别是：开农家乐的，招揽生意的，生意不太好的。

但姐妹们还是兴冲冲闻声而去。

之间短短三十几步路，我俩还没走到跟前呢，这位大婶就已经用咏叹调把她的生平都抖搂完了——

"我退休以后才在这里买的房子……

二十多万啊……（凭啥到了我们就报价三十五万？！）

以前在市区×××厂上班……

今年才包的地……

整整一亩，一年一千块租金……

我过去身体不好……

种了半年地，天天劳动，晒太阳……

吃绿色食品……

血压血脂全降下去了……

我春天买的小鸭子，才这么大点……

看，现在这么大……

我种的葫芦，本来一个个都这么大了，小娃娃一样哟……

结果蔓子坠断了……

把我心疼得！……

我有一个男朋友，他七十多啦，我俩凑合着过啦……

他身体比我好，肥料羊粪都是他从好远地方拉来的……"

我和红姐听得莫名激动，加快步伐，小跑而上。

红姐赞叹道："呀，你的鸭子好肥啊！多少钱一只？"好吧，此人看到啥都想吃。

大婶继续咏叹："不卖啊！……"

红姐不死心："那你养这么多吃得完吗？"

"我要养够七年！"

又神秘地说："你知道吗？七年的老鸭子，吃了以后，长——生——不——老——"

我和红姐的关注点在这里分岔了。我关注"长生不老"，她关注"七年之内别想买到这大婶的鸭子"。

她不死心地问："那你种这么多菜，吃得完吗？"

眼下足足一亩多地呢。正常人家，五口人的话，一分地就足够了。

大婶谦虚地说："咋吃不完？包菜是喂鸡的，青菜是

157

喂鸭子的……"果然没红姐的份,已经安排得满满当当,将将满足内部需求。

她领着我俩把她的菜园里里外外参观了一番,还和我们互加了朋友圈,约好常联系。可有什么联系的必要呢?又买不到她的绿色食品。

和大婶分手后,红姐客观评价道:"这位大姐吧,热情、乐观、开朗、勤劳。样样都好。只除了一点——小气!那么多鸭子那么多鸡,也不卖给我们一只。哼!还有,那么多茄子辣子,一公斤都不卖给我们!领着我们转了半天,连个西红柿都没给尝尝。"

正埋怨着,一扭头又见大婶,原来她一直跟在后面呢。怀里搂着一大纸袋,里面装满茄子辣子。见我们停下,她也停下。先取出长茄子给我们欣赏了一下,再翻出一只圆茄子给我们看:"看!这么大!昨天摘的更大……哎!种地真好啊……绿色食品好啊……我的三高都下去了,身体也好了……"

然后把长茄子圆茄子原路放回袋子里,快乐地走了。红姐硬生生按捺下去了最后一个问题:"真的不卖给我们吗?一公斤都不卖吗?"

回城的路上,遇到路口有农民模样的当地人卖西红柿和玉米,号称自家地里所产,绿色纯天然。我们怀着复仇的心情各买了七八公斤。此后的日子我俩拼命拿西红柿炒鸡蛋拼命煮玉米。她和她老公连着吃了三天，我连着吃了一个礼拜。之前我最讨厌吃这两样了，没办法，那个菜摊只卖这两样。

2017 年

暴力记

很多人都知道李娟文章写得好,却不知她文武双全。

李娟天生神力。前几年在驾校学车的时候,她拉起的手刹,没有人能放得下来。

此外方向盘也握得极稳。有好几次,坐副驾驶的教练伸手过来想帮着调整一下方向……他休想挪动一分一毫。

说到学车,还想起一件事。有一次练习大路考,李娟开车的时候把挡把儿给拉断了。

是的,直接断了,整个挡把儿脱落下来。

当时李娟一手握方向盘,另一手将断挡递给副驾上的教练。沉着冷静,刹车减速,靠边熄火。

教练也很无奈。又不好意思骂我,只好骂:"什么破车!"一边招呼其他学员过来推车。

人多力量大,大家硬是把车推回了驾校停车场。李娟沉浸在自责又羞愧的情绪中,远远跟在后面,竟然忘了帮忙推一下。

总之，李娟当了作家，可惜了一个拳击手。

遗憾的是，这么好的一把力气，却从来没和人打过架，并且可能将永远不会有机会打架了。

说到这里，心里咯噔一下……不对，还是打过的。

而且还把对方打得挺惨。

是谁呢？……

对了，是前男友……

和我相处期间，这位前男友胳膊上总是被掐得紫一块青一块。偏偏他又生得白白嫩嫩，看上去更是触目惊心。幸亏他妈没在一起生活，否则要是给她看到了，不知心疼成啥了。

我为什么会掐他呢？

具体缘由忘了……

只记得暴力迸发那一瞬间满身满心的惊怒无望。

那一瞬间，我强烈想要告诉他某种巨大意图，却怎么也找不到表达的通道。我混乱又急切。但是他看着我——

无可奈何地看着我，忍耐着看着我，狼狈地看着我，怯懦地看着我，讨好地看着我，无所谓地看着我，嘲讽地看着我，一无所知地看着我，委屈地看着我。

他所有这些看着我的目光是一道又一道的阻障。我通向他的门关得紧紧的，我扑上去捶打撞击，大哭大叫，门还是紧紧的。他还是莫名其妙地看着我。我快要爆炸了，没有门，甚至一扇窗户也没有，一个通风口也没有。我只好扑上去挠他，捶打他，掐他，以为这样至少能撬开一条裂缝。可是连一道裂缝也没有。

我痛苦不堪的时候他也痛苦不堪。只有当他露出痛苦神情的时候，我才能稍稍感到透一口气。

好像只有他的痛苦才能安慰我。好像只有他也同样痛苦的时候，我们才能同病相怜，我才没那么孤单。

可他站在那里，永远一副不知该拿我怎么办才好的样子，永远都在提醒我：没有人能帮助我。连我自己也不知该拿自己怎么办了。

我难以排遣种种难堪。事后就告诉他：当我生气的时候别和我讲道理，没有用的。如果下次再遇到我情绪恶劣，别理我就行了。只要不理我，慢慢地，我自己就会好起来的。

于是他就信以为真了。到了下一次，就真的不理我了。

而我呢，每次他不再理我后，我独自生几天气也就罢了。好像真的能将情绪慢慢自行调节过来。

他也就以为我真的恢复正常了。

可是不是的。

我正在一层楼一层楼地往上爬。

每次看上去恢复原状的时候，其实是我又爬上了一层楼，在转角处稍微喘息一会儿。

渐渐地我爬得越来越高，处境越来越危险，离他越来越远。

我心里有一个他永远不知道的倒计时。每次吵闹，我都会在某面墙壁上为一个"正"字添上新的一笔。

他以为时间能抹平一切，其实这时间已经被我设置成了倒计时。在这倒计时之外，他无忧无虑地活着——这对他是多么不公平啊！

可我顾不了那么多了。

我强烈渴望帮助。他却是永远也帮不了我的一个人。

他柔弱、无辜、单纯。他所有的美好之于我，像风景之于瞎子，天籁之于聋子。

而我之于他，像梦境之于做梦的人吧。

分手时我纠结惶恐，难以抉择。分手后，虽痛苦却解脱般万分轻松。并且时间越久，越是庆幸。

后来，我又交往了几个男友。也有过许多不愉快、急红脸的时候，不知为什么，却再也没有付诸过暴力了。与对方吵架时无论多么生气，都丝毫没想过上手上脚。于是也就渐渐忘记了自己曾经的丑态。渐渐地，就真的以为自己是个永远也不会和人肢体相冲的人。

今天胡思乱想，不知怎么的，灵光一闪就想起来这些旧事……感到惊异又茫然……鬼附身一般的二十九岁啊。

半夜睡不着，爬起来写这些。

2017 年

杀生记

我住一楼，阳台外有一块二十平米的小小花园。花园一角有两棵小榆树。

记得刚搬到这里时，那一处还没有树呢，后来不知不觉长出来的，渐渐地都快有我高了。

这是真正的由小小的榆钱儿种子自力更生长起来的树呀。不是扦插，不是移植，不是任何有意的栽培。

榆树可真顽强。轻飘飘的一粒小榆钱儿，飘啊飘啊无意间来到这里，浮在草丛上。其中两粒无意间落地，触着湿润的泥土，轻飘飘扎出了细细的小根。后来有了雨水，根就渐渐粗壮了，渐渐能汲取更多的力量用来发芽抽条儿。

再然后，就长成两棵真正的小榆苗了。虽然树干细细的，跟我手指一样，但已经快有我高了。四面抽枝萌叶，生机勃勃，前途无量。

每次开窗看到它们，心里就有喜悦的花轻轻摇曳。

那么后来,我做了一件什么事呢?

我把它们砍了……

其实也不算是我亲手砍的。

我请工人来修花园栏杆。工人拔除旧栏杆后,把场地大致清理了一遍。最后指着小榆树问我:"砍不砍?"

我一愣。

围观群众A大爷:"砍!要它干吗?榆树的根深,种了它,周围长不了其他东西了。"

围观群众B大妈:"长得也不是地方,正南面。等再长大点就能遮一大片荫,再不好种菜了。"

围观群众C老姨:"你不砍,将来物业也要给你砍了。你看,挨着人行道这么近,再长大一点,不把花砖给挤坏了?"

围观群众D姑婆:"榆树不成材,长得曲里拐弯疙里疙瘩。修也没法修是剪也没法剪。吃水多,又挡亮儿,有啥用?啥用也没!"

…………

围观群众真多。

我还在发愣。我想象到了这两棵榆树长大后虽然乱糟糟又歪扭扭但却枝繁叶茂的情景。还想到了将来的每一个春天，捋榆钱儿裹面粉上锅蒸的情景。长这么大，只听说过榆钱饭还从没吃过呢。

就在这时，工人一铁锹刹下去，"啪啪"两下，两棵树苗齐根断掉。

它们之前生长的时候显得那么坚强苗壮，原来竟如此脆弱。

我还是无话可说。我没有错，但是所有人也都是对的。我不想让人觉得我有什么与众不同。好像唯有和大家都一样，才有安全感似的。

这样的我活在世上，真是造孽。

我拾起两棵断苗，若无其事地扔进不远处的垃圾桶。

过了一个小时，忍不住过去看它们。

它们好像还活着一样，在垃圾桶里热热闹闹地舒展枝叶。它们好像还不知道自己已经死去。

这时候我才开始恨自己。为什么不能留着它们？根深又咋了？挡点亮儿又咋了？多吃点水咋了？少种几棵菜能吃多大的亏？再说我花园里明明一棵菜也没种好吗？不成材咋了？我还指望它长成国家栋梁吗？况且，小区里四面八方都是大树，哪儿没给挡着啊，怎么就容不下我这两棵小苗？若是物业要砍我的树——我是死人吗？我不会跟他拼命吗？

……说这些有什么用。我当时的犹豫其实就是默许。这两棵树其实就是我亲自砍倒的,与围观群众无关。

我一边为之痛苦,一边继续做着让自己痛苦的事。这日子什么时候才是个头。

2017 年

月饼记

临近中秋,小区门口的板栗糕饼店开始做月饼了。路过时碰巧刚刚出炉,喷香扑鼻。忍不住十块钱买了三块,回家啃了三天。好大的块头!

关于月饼馅的热议已经过去好几年了。实在不能理解,这有什么好争的?这还用争吗?最好吃的月饼当然是五仁馅的!我认为,世界上,是先有五仁月饼,然后才有中秋节。其他什么豆沙月饼啊枣泥月饼啊椰蓉月饼啊统统是来蹭热度的。如果没有五仁月饼,还过什么中秋节啊。

以前生活在牧区,周围的哈萨克牧民们称月饼为"大饼干"。为此我妈曾努力普及过一段时间,为之取了个汉哈合璧的新名称:"阿依饼干"——"阿依"是哈萨克语"月亮"的意思。但大家不接受。好吧,大饼干就大饼干。

那时,我家杂货铺里的"大饼干"每块售价一块钱。

牧民们都很喜欢吃。但大家都纳闷，其他的饼干一年四季都有得卖，为什么大饼干只有每年的秋天才能吃到？应该叫作"秋天饼干"才对。这个猜测很靠近事实了。不知我妈向大家普及过"中秋节"这个概念没有。

我猜那时大家心里一定都在想：汉族人的名堂真多。

那时的大饼干统统都是五仁馅的。原料易取，口味大众。没有那么多花哨的种类，也没人觉得单调。

大饼干出现在我家货架上时，游牧大军刚好从北方赶到了阿克哈拉小村。等卖完最后一块大饼干，牧人也赶着羊群继续南下，越走越远。得亏月饼只属于中秋节，若是元旦春节端午节之类，就和逐水草而居的牧羊人没啥交集了。

再说说小时候的月饼。忘了是两三岁还是三四岁，月饼第一次出现在我的生命里。最初体验一是香，二是硬——感觉就比鹅卵石稍软。

不过，也可能因为那时的自己年幼，牙还太软。

总之，童年记忆中，小小的自己捧着五仁月饼啃啊啃啊。啃一整天，顶多在月饼边缘留几只小牙印。但就是舍不得放弃，只为那一点点粮食和油脂的香甜。

月饼给我的最初印象是硬。以至于后来回到四川，第一次吃到酥松的月饼的时候惊呆了，继而怀疑其正宗性。

再后来，有一次在新疆博物馆参观吐鲁番干尸时，才突然明白过来……新疆为什么盛产木乃伊和葡萄干？干呗。

所以，小时候吃到的那种月饼，其实是月饼的干尸。

2017 年

疑惑记

我上小学的时候，看过一本关于熊猫的科普读物，好像是一部熊猫在野生环境中的生存纪录。忘了书名，也忘了内容，但有一个情节永远也忘不了。观测对象里有一只小熊猫，它渐渐长大了，有一天无意间离开和妈妈一同生活的洞穴，朝着一个方向走了很远很远。它独自经历了很多事，从此再也没有回来。后来，它在很远的另一条山谷建造了自己的家，日日寻找食物，躲避危险。渐渐忘记了童年和亲人。可有一天，它无意中又靠近童年的山谷，仿佛突然想起了什么，加快脚步，熟门熟路回到了旧时家中。老熊猫不在。它在洞穴中转了一圈，感到异常的欢喜和激动。

但它不明白这激动是为着什么。过了很久很久，老熊猫也没有回来。不知是仍在回家的途中还是早已死去。小熊猫带着失落离去。它也不明白这失落是为着什么。这一次，它真的再也没有回来过了。

这一段我永难忘记。

明明是一本儿童读物，可却是我读过的最悲伤最灰暗的一本书。最空虚，最凄凉。可能那些最初无法理解的，终生都将无法理解。无论过去多少年，都难以走出那本书的氛围。浓密湿冷的原始森林，永难慰藉的饥饿感，永无同伴的孤独。结束那场阅读后，很长很长时间里心灰意冷，不能释怀。——不，直到现在仍心灰意冷，无法释怀。

好像全世界都毁灭了，只剩最后一台显示器，循环重播那一幕场景：长大后的小熊猫又回到童年时代的洞穴，它在洞穴里迷茫而欢喜地走动。可直到最后它仍没能想起最重要的记忆。只好离开那儿，孤独地远去……全世界都毁灭了。有外星人来到地球，他独自面对显屏，看了一遍又一遍。我想象他心中的疑惑，以及无法想象的以光年计算以黑洞填充以生死相隔的巨大无边的陌生感。

还有一本书，则是童年时代读过的最恐怖的书。

连环画《三打白骨精》。

那时我四岁或五岁。世界是巨大的未知，这本小画书则是打开所有未知的第一个死结。

首先，我不知"白骨精"是什么。

大人解释，就是人的骨头架子成精了。

173

于是我的一个疑问变成了两个:"人骨头架子"是什么?"成精"又是什么?

"成精"这个问题大人无力解释。但是"人骨头架子"解释得很好——就是人身体里的硬东西,喏,隔着软肉可以捏到。我们身体里有,鸡鸭猪狗都有。人死了,软肉全烂光了,就只剩下骨头。

我发现了第三个问题:"死"是什么?

——死就是没了。

"没了"是什么?

——"没了"就是没了!!!……

唉,现在想想,大人就那点儿智商,教育小孩子哪里够用呢?

总之,四岁或五岁的我,翻着连环画,陷入对"没了就是没了"的惊惧与迷茫之中。

连环画是黑白的,黑多于白。线条零乱,细节不稳。人物眼神疯狂,手指尖锐。多年后我才知道,那种感觉就是"阴森森"。

我越看越恐惧,却停不下来。我本能地觉得,只有理解这一切,弄明白了这一切,才能从恐惧之海中划桨逃离……可很快又陷没疑惑的大海。这疑惑的广度远甚于恐惧,不得解脱。大人的解释越来越混乱,岔路越拐越多,态度越来越烦躁……还不如什么也不解释，直接把我打一顿得了。

　　四岁或五岁的我，开始在某些夜里难以安眠。小小的身子躺在黑暗之中，反复想象死亡的事，想象一个鲜活的人如何化为白骨——"软肉全烂光了，就只剩下骨头"……又想象这白骨的复活，想象它的邪恶。想象这从死亡中诞生的事物，又如何诱骗别人去向死亡……书中说，白骨精吃了农户一家三口人。我理解"吃"是什么意思。我天天都会吃饭。可是，吃人是怎么做到的？吃人这件事，如何与"死亡"联系到一起？"死"到底是什么？"没了"是什么？二者之间的联系是什么？

　　我害怕那本书，然而好奇心却略胜畏惧心。我没完没了地翻看，苦苦理解这一切，拼命想象，缠着大人反复解释。直到现在，这个问题仍不曾解决。我已经知道了白骨精是嘛玩意，也知道了死亡意味着什么。但那时的困惑和恐惧一生如影相随。毕竟，这是自己人生路上遇到的第一个难题。

2017 年

惊梦记

最近懒成渣了,懒得我都懒得描述这种懒。

哎,还是描述一下吧。——以前吧,再懒,好歹还有个人形儿。现在懒成了一整坨,懒得没胳膊没腿的。整天缩在被窝里,保持占地面积的最小值。直到饿得感到生存危机了,才重新长出胳膊腿儿,爬起来叫外卖。懒得天天喝凉水,拧开煤气烧开水这种事情都万万办不到。

然而,还一大堆急事都等着我处理。两部再版的旧书稿要重新审校;已经签了协议的网络平台内容得赶紧更新;即将出远门,该收拾行李了;花盆里的韭菜已经长老了,眼看就要抽薹了,得赶紧割了包饺子;天气越来越冷,夏天新换的阳台塑钢门的门缝还没有打胶做密封;一堆信件需要寄发;单位通知收暖气费发票了,还得去供暖公司开发票;牙齿该复诊了;银行事宜得处理……各种紧迫感泰山压顶。我焦虑之极。可就是窝在床上怎么也动不了,大约是被泰山压得动不了。

有时梦到地震，逼真地感到床在晃动，都懒得爬起来求证是真是假。

如此全面放弃地懒了快一个月，突然有一天就振作了起来。

是这样的：昨天半夜突然非常口渴——哎，这个必须得动弹一下——于是爬起来倒水喝。却懒得开灯。黑暗中一脚踢到了床边的电子秤。

就是那种很普通的玻璃面板的电子秤。不大，也不沉。被我踢中后，它跳了起来，又稳稳落下，啥事也没。

可是我却给害惨了。那个疼啊！！那一瞬间电闪雷鸣，疼得前生今世都看得一清二楚……顿时明白了，什么叫作"一佛出世，二佛升天"。

总之，就好像被雷轰了一样，整条左腿哗啦哗啦响个不停。响了三秒钟，才搞清楚真实感觉——不是在响，是在抖。赶紧瘸着腿开灯，查看端倪——是的，我懒得好几天都没开过灯了。

原来，还是都怪我太懒，快一个月没剪脚指甲。刚才那猛然一踢，硬生生踢翻了左脚大拇指的半个趾甲盖……

又扭头看看电子秤。它真的不大，也不沉……并且仍然好端端的。

巨大的疼痛如射向深渊的信号弹，刹那间将李娟的灵魂都照得一片雪亮。

水也不喝了，抖搂着左腿又躺回床上。

不行，再也不能这么懒下去了。

又缓冲了一会儿，疼痛缓缓钝化。灵魂仍然一片雪亮。

不行，非得做点什么不可。

于是我半夜起身穿衣出门，瘸着腿打开地下室，扛出一袋二十公斤装的花土。又在阳台空地上铺开一大面塑料布。开始给家里所有的花换土……去年就该换了。

换完土。又把缝纫机拆了，一边百度，一边打着手电筒研究它的内部结构。因为不能正常走线，自从在闲鱼上买回这台二手缝纫机后就一直没用过。一大堆等着要修改要补的旧衣服堆在沙发上没法收拾，于是我很久没坐过沙发了。

修好缝纫机。开始折腾同样问题百出的二手锁边机。

这时天亮了。我精神焕发，又从地下室扛上来一袋水泥砂浆（是的，我家里啥都有），和了一大盆水泥，把阳台和花园台阶之间的缝隙抹平了。

接着，又找出两支泡沫胶开始补阳台塑钢门窗的缝隙。

但是打泡沫胶这种事情专业性较强，不太能玩得转。再加上阳台又高，我个子又矮……效果一塌糊涂。

受挫之后，疲惫感才突然降临。

这时清晨的阳光已经铺满了整面床。

洗洗上床。

对了，补眠之前，我还把待处理的事情列了个单子，还大致规划出一个时间表。焦虑仍然如影相随，但已不再失控。

安静下来，才感到受伤的脚指头的微微痉挛。疼痛感大约也有自己的被窝吧？我缩在阳光中的被窝里，它缩在伤口后面。我睡着之前还在想，我一定要为这点小事写点什么，虽然我不知道正在发生什么。

2017 年

遗忘记

很多人可能都有过一个 L 同学，就是那种——你的家长很喜欢但是你却不喜欢的那种同学，你的家长希望你能成为同样的孩子的同学，你的家长为了你能够受 TA 影响，非要你与 TA 成为好朋友的同学。

然而大人的眼睛在看向事物的时候，往往比孩子的眼睛遇到更多的迷障。你本能地反感 TA，你抵触 TA。每次你的抵触都会遭到家长恨铁不成钢的斥责。

但是，很多年后，你与 L 同学的人生道路大出你的家长意料：你的生活基本上称心如意，L 同学的人生却混乱不堪，成为所有熟人的笑柄。而那时，你的家长突然忘记了之前的一切，他们为你没有变成和 TA 一样的人而感到欣慰。

所以，这个结局什么也证明不了。你比童年时代的自己更委屈。

可能是因为我成长中很多重要阶段没能和我妈生活在一起,所以我们总是互相不能适应。我成了一个永远无法让她满意的孩子。我也总是为自己有一个这样的母亲感到失望。我们生活在一起的时候常常闹得水火不容。总是努力维持表面上的和平,再隔三岔五爆发一次。

四年级那年,L同学出现了。

L同学安静整洁,是所有大人眼中的乖乖女,尤其入我妈的眼缘。我妈总对她赞不绝口,并要求我离我的另一个朋友远一点,多和L同学接触。

现在想想,大人干涉孩子的友谊,真是没道理。大人自己都没交过几个像样的朋友,还好意思指导孩子交朋友……

我也曾努力尝试和L同学当好朋友,我们天天一起上学放学,一起写作业,一起玩游戏……真的已经尽力了,但就是没法喜欢她。

我对我妈列举L同学的各种缺点。她不信。她对我的不信任贯穿我和她相处的全部生命。

最后,和L同学的彻底决裂却是我妈引起的。

那是我到新疆的第二年,非常想念四川的小朋友。同时也出于天生的矫情劲儿,我喜欢给他们写信,说一些自以为稀奇的事情,发一些自以为动情的感慨。

那时我和我妈生活在一个小小的，可以移动拆装的铁皮房子里。铁房子里大部分地方用来开杂货铺，一个小角落用来吃饭睡觉。当时我和L同学在杂货铺角落里打闹，她非要看我写给内地朋友的信。我不干，觉得难为情。那时还不知"隐私"这个东西，只觉得这封信的内容不好给不相干的人看。而且还有直觉，她看了肯定会笑话我。

于是，一个死掖着不松手，一个拼命地抢。才开始只是两个孩子嘻嘻哈哈打闹的游戏，后来不知不觉开始较真儿。两人都急红了脸，都越来越气愤。

大约在店里这么闹腾很不好看，还有些影响生意，我妈生气了。

她呵斥了两句，我俩仍互不罢休。

趁我没提防，我妈突然出手，从我身后把信抢了过去。

她一边说："吵什么吵！不就一封信嘛，到底写了什么见不得人的？"

一边开始拆信。

我如雷轰顶，大哭起来。一半是难为情，一边为着莫大的屈辱感。

但我妈铁石心肠，唰地抽出信纸："都是好朋友嘛，给她看看又咋啦？来，L，我念给你听啊。"

接下来发生的事我终生不会忘记。

她一边大声读信，间以嗤笑，并逐段评论，无尽打压。

"……新买了一条裙子？这种事有什么可说的？神经病！……'我很想你们'——想个屁啊想，别人说不定连你是谁都忘记了……你还要不要脸？什么大事小事破事都和别人说！你无不无聊？"

她的口吻鄙夷得像是一个世上最恨我的人。那时的她，和"亲人"这个字眼毫无关系。

我大哭，然后抽泣，然后沉默。

渐渐地，L同学也感觉到了我的不对劲。这场较真算是她赢了，我妈此举也是在讨好她。可她在旁边一直默默无言，似乎感到尴尬。

店里的顾客们有的若无其事继续挑选商品，有的偷偷看我，还有的意味不明地笑。

信读完了。我也下定了决心。

我妈把信扔到一起，所有人该干什么继续干什么。此事算是结束了。

我走过去捡起那封信，当着我妈和L同学的面把它撕碎，投进火炉。

后来我也会设想，我的这个举动令我妈怎么想呢？那一刻，她会不会也感到一丝丝的后悔呢？

不，不会的。她铁石心肠，从不动摇。她只会认为那是我的屈服吧？她只会觉得那是她的胜利吧？——觉得我终于认同了那封信的幼稚可笑，改变寄出去的决定。

她自信得刀枪不入。更多的时候，是她的自信在伤害我，而不是她的暴力。

本来还想再说说 L 同学后来的事。算了。她也是不幸的人。

可现在，偶尔提到 L 同学的时候，我妈立刻轻蔑地笑，然后幸灾乐祸地第一百遍重复她的丢人事迹，像是在聊一个她从来都不曾喜欢过的人。我说："当初你不是总说她的好吗？还老让我向她学习。我不想跟她玩，你还恨铁不成钢，死不高兴。"她极为诧异："怎么可能！"

我觉得，只要付出努力，我就能洞悉世上的一切秘密，但除了我妈的心和她的记忆。她所记得的永远和我记得的不一样。她的心永远在我的追逐和猜测之外。她是这个世上我最无能为力的人。我已经下定决心永远都不原谅她。哪怕这个决定令我痛苦终生，万箭穿心。

2017 年

固执记

这几天看了一个末世题材的网文。无非丧尸进化、营地建设、基因改良之类的老套路。但有一些细节令我感兴趣——失去一切科技文明之后，人类需要依靠自己的双手维护最后的生存区域。比方说，在驻地周围拉铁丝网防止丧尸入侵。于是主人公整天一有空就拧铁丝，拧拧拧，拧得满手起泡。

我想起了我妈。

说实话，我觉得我妈这个人肯定特适合在末世那种环境生存。虽说她胆子小了点，可能没法和丧尸直接打交道，但她拉铁丝网、栽栅栏的本领一流，在末世工程部应该能混得开。

拧铁丝这种技术，看起来简单，还真不是人人都能轻易掌握的。那时用到的铁丝一般是四毫米直径，又粗又硬。如何能扎得紧实，拧得省力，还要省铁丝，最后一截铁丝茬还不能留得太长，拧的时候如何均匀吃劲儿……都需要实打实的经验。

我们常常搬家。每搬到一个地方,她都会施展一番此种绝技。但是铁丝网能拦住什么呢?顶多挡一挡附近的牛羊。其主要用途是宣誓领地主权,让新邻居不敢小瞧。

我常常记得的情形是,她一个人长时间在空地上往刚刚栽好的木桩上拧铁丝,紧完一根又一根。要不就是在空地上拆栅栏,把旧铁丝一截一截拧松,把旧木头一根一根卸下来。一会儿建,一会儿拆,这里建,那里拆,昨天建,今天拆,去年建,今年拆……我忘记了她为什么非得做这些事不可,也不认为做这些事有什么意义。可她乐此不疲。

她双手粗糙,裂痕遍布,上面的陈年污迹怎么洗也洗不干净。她放弃了肉身的美好,不顾一切榨压最原始的力量。挖掘,削砍,敲击,凿打。她生活中的大部分事物都是历经她的双手出现在周围,而不是历经漫长复杂的生产线。她才是真正过着末世生活的人,又像是过着初世生活。如今她学会了用电脑,还考上了驾照。看上去好像在时代潮流中没被落下,但仍然习惯用双手去直接抗衡整个世界。她是我见过的最沉重也最庞大的生命。她真的能接受这个差不多人人都能接受的现实世界吗?我总觉得她可能再也无法改变了。她是一个劳动者及迷途者。她又固执又脆弱。

2017 年

疾病记

每次去医院复诊，走进熙熙攘攘的挂号大厅，就感觉进入了疾病的国度，疾病的故乡，疾病的集市。每个擦肩而过的人都有病，每个迎面而来的人都有病。无意扭头看你一眼的人有病，不小心撞了一下你的人有病。旁边聊天的话题全都围绕着疾病。有人在墙角默默流泪，泪水也全都源于疾病。

电梯里挤的全是病人，已经塞得满满的了，还有人在外面大喊："等一等！"——他冲过来按住外面的上行键。于是电梯里的人只好再挤一挤，紧缩着身子。于是每个人身体内部的疾病也随之缩小了一号。拥出电梯的时候，每一个病人大松一口气，每个人的病好像都减轻了几分。

如果能够在这个城市上空制造一张巨大的造影图，显示疾病的分布以及密度，那么医院一定是这张图的最最深渊之处。

如果把人类的悲欢分布情况也做成一张造影图，那么医院所在的位置仍然是这个城市的深渊。

我也有病。我扣好棉衣的每一个扣子，一丝不苟紧系围巾。我走在医院里，暖气再热也不愿解开衣物。我只不过是加重造影的无数个深色斑点之一。我来治疗牙齿。我那补了又补的满嘴烂牙是我身体内的一个微小斑点。我在斑点的汪洋中奋力潜游。这时，我看到一位医生。

他的白大褂是密密麻麻的斑点阴影中针尖大小的一点光明。

我飞速计算多少光明能与多少阴影持平。

计算结果：1∶20。

也就是说，平均一位医生能成功安抚20位病人。

可是……

我站在纷纷扬扬的挂号大厅。

可是那么多那么多那么多的病人啊。

医生嘛，一眼望去好像就这一个。

2018 年

彩咪记

我的被窝肯定具有一定的防辐射功能，每当我闷在被子里玩手机，总是信号弱或者没信号。

为什么要蒙着被子玩手机呢？因为猫老来骚扰。

是的，李娟近期升官了，铲屎官。回老家过年的朋友托我照料她的猫子一段时间。

自从有了猫子，李娟改掉了许多坏习惯。吃完饭立刻洗碗，绝不堆在水池里。桌子和洗漱台随时收拾得光溜溜的空无一物，一支笔一管牙膏都不乱放。

头两天，由于认生，整个白天里猫子安静得像不存在一样。我到处都找不到它。好几次都疑心是不是回家开门时不留神给它溜出去了。

到了晚上，上了床，熄了灯，一团黑暗。好吧，这位主子以为世界终于安全了，终于没人暗害它了，便开始哀悼它那多舛的猫生，从坎坷的身世到不幸的童年再到被遗弃的结局——它铁定以为自己被遗弃了——嚎得那叫一个惨。

我一开灯，它瞬间开启装死模式。一关灯，不到两分钟又嚎上了，还伴以抓抓防盗门的吱吱声。挺聪明的嘛，知道从哪里来的，得从哪儿离开。

最后，我只好找出游泳用的耳塞……

第二天，整个白天，又静若无猫。

我相当不高兴，凭啥我就活该睡觉的时候被你折腾？不成，你睡觉的时候我也要折腾一下。于是满房子找猫，每一个家具背后的缝隙都用棍子捅一捅。捅了一整天，可给累惨了。不过一想到猫也好过不到哪儿去，才平衡一点。

估计是被我折腾得没休息好的原因，这天晚上，猫子只嚎了半夜。

第三天，接着捅……

第三天晚上，就嚎了一小时。

第四天，猫子终于认命，白天也敢探头探脑出来活动了，还不时凑到我跟前观察我这个新房东。

第五天，猫子终于把这地方当自己家了，开始飞檐走壁，翻箱倒柜。

好吧，今天就是第五天。猫子嗖嗖来去瓶倒盆翻，李娟头大如鼓紧跟善后。早知这样，还不如互相不熟呢，还不如晚上睡不成觉……

我把可以当猫抓板的地方统统盖上塑料布，所有窗帘打结儿高高挽起，并且玩手机时躲被窝里。

话说我的被窝有防辐射功能，却没有防猫功能。一不留神露出根手指头，就立刻会被逮着"哇呜"一口……一冒出头，就会被骑在脖子上逼供：说！你把我原先的铲屎官弄哪儿去了？

猫是最普通的白底灰花狸猫，是朋友收养的小区流浪猫。这种猫也许并不适合当宠物。它不习惯被拥抱，不耐烦被抚摸。它过于好动，终日上蹿下跳。它愿意和你玩的唯一游戏就是你追我逃——作为它的日常训练，为将来的实战而打基础。

可是，再也没有实战了，再也没有大自然、田野、自由和危险，甚至也没有无穷的街道和迷宫般的垃圾场。它由一只田园野猫沦落为家养猫。全世界只有三室一厅，偶尔被寄养几天，换到另一个两室一厅。但它还不知道这些意味着什么，仍每天兴致勃勃磨炼一身本领，为早日成为一只对社会有用的猫而努力着。

它名叫彩咪，不到一岁大。

哎，彩咪啊彩咪，虽然和你还不太熟，但还是很喜欢你。我都看到你的一生了，可怜的彩咪。

2018 年

古老记

有时候也会看一些架空文穿越文,看那些文字爱好者们狂热地幻想过去年代,创造出一个个依附传统基底而存在的故事场所。便会想,也许我也可以写。真正的源于传统的旧生活,我才是真正切身体会过的。我才是一个穿越者。我曾在那种生活里以现代的视角和情感去观察周遭所有的人和事,毫无优越感地。哪怕事隔多年,那种生活早已被时代碾压粉碎,我也不觉得它脆弱,不觉得新的时代强大。

那时,右边的邻居是终日收购旧布头、糊布壳板、纳鞋底的陈孃。她的小儿子总是坐在当门狭窄的街沿下练毛笔字。左边是总在夏天用荷叶蒸饭的罗婆婆。还有隔壁天井里以编竹筐为生的李小五的爷爷。之前我提到过那时我家的住房面积很小,六个平方住了三个人。其实他家更小,顶多三个平方,住着祖孙俩,里面只放了一张挂蚊帐的窄床。他家做饭用一只小陶炉,白天搬到门外过道里,晚上收回房间。

我渐渐快要记不清这些人的名字了，却能记得他们每家每户最最细微的一些日常。

记得每个季度，来帮忙打蜂窝煤的老头儿。那时，买煤球难免有破碎，家家户户就把碎渣攒下来，等老头带着压煤球的工具上门服务。煤渣打碎，加水，填进模子，敲啊压啊，一个完整的新煤球就诞生了。

还有对街卖开水的。烧水费煤球，需要大量热水的话买的比较划算。我记得买开水的计量单位是"磅"，交钱论"厘"。五厘钱八磅开水。一般来说，小暖瓶容量四磅，大暖瓶八磅。一分钱可灌四个小暖瓶或两个大暖瓶。买水的人把暖瓶往他家店铺当门一放就走了。因此那处总是摆满暖瓶，大大小小五颜六色。水每烧开一炉，就依次灌满，等着人们来认领，交钱。每当我从那里经过，老板娘就紧紧盯着我。那时我太小了，不知她是怕我碰倒了满地的暖瓶，还是怕我被烫伤。

还有来挑泔水的乡下人。他家承包了附近两个大杂院的泔水。隔天来一次。要是哪天来迟了，泔水缸很快就满溢，直往阳沟里淌。若赶上天热，很快又酸又臭。于是全院子的人都骂他懒，纷纷表示一定要另换一个挑泔水的，再不用他了。可却从来没换过。

193

泔水是挑回去喂猪的。挑泔水的人，一路走街串巷，人人掩鼻回避。穿过城市就是乡村。满满一大挑酸臭的泔水，滴滴答答落在沿途青石板路上。年年岁岁日日夜夜。有人走遍了全世界，但他走过的路加起来也未必会长于一个挑泔水的。

家家户户都自觉将厨余残渣倒进天井阳沟边的大水缸里。之所以不往阳沟里倒，是因为怕堵了阴沟。阳沟是敞开的排水沟，阴沟是封闭的排水沟。我们这个小城，建在一个古老庞大的地下排水工程之上。作为城市的地基，这个迷宫般的下水系统据说已经使用了千年，仍在正常使用。这得益于生活其上世世代代的每一个人的自觉维护。所谓"传统力量"，这也是其一吧。

那时候的生活完整无缺，永动机般无限循环，滴水不漏。泔水用来喂猪。下水道排走污水，污水流入护城河，河里沉淀下来的淤泥年年被农人淘挖，给自家田地施肥。粪水也是用来施肥的，也是隔天就有农人来到城区各个大杂院掏厕所。一点点煤渣都不会被舍弃，一点点碎布头都会被陈孃用糨糊一层层拼入大幅的布壳板中。布壳干后，被剪成鞋底，千针万线使其坚固。一个鞋底就诞生了。它能帮助一个人在这世上走更远的路。

那时，大自然的气息除了香气，还有臭气。但香和臭是公平存在于这个世界上的，不是对立的。只要能忍受的东西，人们都不会太排斥。后来人们对臭味的否定，我觉得不过是偏见。没有人天生就喜欢一种气味而讨厌另一种气味。文明的暗示而已。于是，只要是让人不舒适的就都是不好的、不对的、不正常的。渐渐地，人越来越强势，可以按喜好操控一切。同时也越来越脆弱，不能忍受的东西越来越多。

和所有落后于时代的小城一样，我的那个小城也被翻建了。它变得更舒适更便捷，但是它的完整被打破。到处都是缝隙，得不断投入修补的力量。到处都是疤痕和补丁。然而，我虽然觉得过去年代令人怀念，传统的消失令人可惜，却又说不出此刻和未来又有什么不对，有什么不应该。

再看看那些热情的网文，那些籍籍无名的作者们热情经营的古代生活场景和现代失控的生活其实没什么不同。那些作者也和我没什么不同。

2018 年

渴望记

讲一个爱上邓丽君的牧羊人的故事。

大约二三十年前,在新疆天山深处,有一个深山林管站。冬天大雪封山后,守林员将在那里独自生活一整个冬天。守林员耐不住寂寞,但是牧羊人不会。牧羊人一生中大部分时候都是独自与羊群为伴。于是守林员把这份工作托付给了一个牧羊人。

守林员给这个牧羊人留下了锅碗瓢勺米面油盐等一整个冬天所需的生活物资,另外还有聊作消遣的几本小说和一台录音机、几盒磁带。

哈萨克牧羊人看不懂汉语书,也听不懂汉语歌。但美丽的旋律却是大敞而开的门,不需要"懂"和"不懂"。于是这个牧羊人终日沉浸在音乐之中,他爱上了邓丽君。

是的,那几盒磁带里,有一盒就是邓丽君的专辑。

哈萨克族是一个热爱音乐的民族,几乎人人都是歌手,家家都有琴师。这个牧羊人之前所熟知的都是本民族传统音乐。哈萨克歌谣的发声一般用假声，明亮而悠扬。而邓丽君的嗓音却是真实而自然的气声唱法。这种声音仿佛将这个牧羊人心中一扇陈年紧闭的窗户猛地大力推开，他被深深征服。他感到这个美丽的女声像是俯在他的耳边对他倾诉最最甜美的、隐秘的、矛盾的情意。她的嗓音像是诱惑着他，又像是安慰着他。他短暂的生命里，从没有过这样美丽的体验。

在漫长安静的冬天里，那盘磁带被这个年轻人听了一遍又一遍。后来他决定学习这些歌。他反复倒带，一句句摸索歌词，将陌生的语言用阿拉伯字母拼注出来。冬天过去后，他便学会了那盘磁带里的所有歌。

春天，雪化了，牧羊人离开了森林，重新回到自己的羊群之中。但是，他的人生悄然改变。他的世界还是那么大，但是多开了一扇美丽的窗子。有一次，在一个迎接远客的宴会上，他自告奋勇为大家演唱了一首《你问我爱你有多深》，打动了在座的几个汉族客人。当客人知道他会唱十几首汉语歌，却不会说一句汉语的时候，更加感动。我猜，大约是为着这世上没有界限的渴望与寂寞吧。

忘记了从哪里听来这个故事的，也不知道故事还有没有后续。但就这样已经足够。

2018 年

眩晕记

1

我生病了。对照症状上网一搜，可初步断定为耳石症。便天天躺着，指望能躺好。记得上回头晕就是躺了几天硬给躺好的。

但上次的头晕是颈椎病引起的，两种晕大不一样。前者是持续性的，耳石症是阵发性的位置性眩晕。也就是说每当头部位置改变时——躺倒或坐起，低头或抬头，左扭头或右扭头——顿感天旋地转，站立不稳，恶心欲吐。好在，只要施展开猫头鹰绝技，以头不动应万动，那和正常人没什么区别。

脑袋不动，整天躺着，倒是容易做到。只是躺了才一个多星期就孵化出更多毛病。腰疼后脑勺太阳穴疼眼睛疼什么的就不提了，最心酸的是翘臀也躺平了，还给躺成了扁头。再接着躺下去估计就出褥疮了。

况且老躺着不动也不是个事。总得上厕所吧，还得开门取快递取外卖。每到那时，李娟老态龙钟地从床上缓缓撑起身子，眼前的世界从疾到缓顺时针旋转，脚若浮萍身似飞絮月迷津渡雾失楼台……等双脚下地，每走一步都在吊桥上晃荡。晕车都没这么难受。

最惨的是开门取外卖。本来已经饿成渣了，这么一起身，一折腾，肠胃翻腾，恶心透顶。接过送餐小哥的食物时，硬是一点胃口也没了。

以为在这种状态之下李娟会很痛苦吗？不，难受归难受，难受并不等同于痛苦。我从来都不排斥身体的种种病弱状态。生病和健康一样事出有因理所当然，生病和健康应该被一视同仁。

2

好友溢溢强烈要求我去看病。但目前这个样子真不想出门啊。一想到自己这种情况，也走不了几步路，出门还得坐车，上车还得低头，下车还得扭头，就立马犯晕。真想等病好了再去看病。

其实躺的效果还是有的，越往后症状越轻。躺了一个星期之后，甚至有一天还出门去小区里的超市买了点东西。缓缓走在小区里，一杆枪似的挺得笔撑，稳步向前，肩平背直，目不斜视，感觉只要不东张西望不颠奔跑跳，走个两公里都没问题。

刚好小区两公里范围内就有一家医院。在溢溢的劝说下，我挑了风和日丽的一天走路去看病。

哎，仔细想想，除了看牙，我已经有十几年没进过医院了。

溢溢坚持要陪着我。她是我所有朋友中，目前唯一有时间照顾我这个病号的人。但同时她也是我所有朋友中身体最差的，整天蔫不拉叽的，一到人多嘈杂处就头疼欲裂摇摇欲坠。和她相比，我觉得我这点晕根本不算事。

于是我拒绝。我苦口婆心地说："相信我，真的已经好多了。一路上我慢慢地走，能出什么事呢？退一万步，就算是一不留神摔倒了犯晕了爬不起来了——我就不信，青天白日，大街上那么多人，难道就没有一个扶我一把？"

溢溢说："都这种时候了，你就不要考验人性了好吧？"

于是我们两个病号一起上路了。

十来天不怎么走路，重新迈动双腿不断向前的感觉很奇妙。大约有服刑三十年释放出狱的微微恍迷，再加点儿地球照转不误病树前头万木春的略略失意。

闲话不多说，我们两个病号相依为命互相搀扶着去了医院。但这家医院不咋地，没有针对性仪器，治不了。如果非要在这里治，得让我先办理住院，用排除法治疗。

于是我就问了："怎么个'排除法'呢？"

医生："先做个核磁共振……"

气得我也顾不上头晕了，站起来就走。

回家又躺了几天，这回状态更好一些了。每次眩晕的时间更短，力度更轻。

这回也不怕坐车了，我自个儿叫了网约车到了另一家更大的医院。排了半天队，快下班时才轮到我。果然，确诊耳石症。果然，这家医院有复位仪器。但是……快下班了，今天没法操作了。而明天，唯一一个能操作此仪器的大夫赶巧要下乡，参加民族团结一家亲活动。至少去一个星期……

这么大的医院，这么好的设备，却只有一个医生能操作，真是资源浪费！气得我当时病就好了。

再一想，这病其实早就该好了。全怪自己多事，跑了两趟医院，瞎折腾了两遭，白白耽误了休息。

气得我回家也不打车了，坐了公交。

坐在公交上，车一摇一晃，迷途的耳石在耳蜗深处的积液中沉浮。哎，虽然疾病令人难受，但它好歹是属于我的，如同我的财产一样属于我。我要好好珍惜它,好好跟它和解。

3

我不知道别人生病时,当务之急要做的第一件事情是什么。我呢,第一件事情就是赶紧扫地擦窗收拾房间。万一一个不留神死翘了,别人来收尸,进来一看:天啦,房间怎么这么乱!别看她平时人模人样的,结果这日子过的……好吧,就算已经死了也丢不起这个人。

第二件事是写遗嘱。不安排好后事的话,有强烈的死不瞑目之感。

于是乎,无论病得再厉害,爬也要爬到厨房把碗洗了把锅子擦得亮锃锃。病得再糊涂也不会盘点错自己那点财产。等房间亮堂了,电脑文件整理好了,后事统统安排妥当,这才松口气。这才躺回去等死。

大约由于心态放平了,再无后顾之忧,接下来嘛,管它什么病,统统都会慢慢好起来……

这次生病,先是耳石症,躺了快二十天,硬是给躺好了。躺到后期,突然左侧肩膀巨疼,左侧肩胛骨也明显隆起。于是仍得继续躺着。又躺了十来天,又给躺好了。

我这个人，赚钱靠想，生病靠躺。说出去大家肯定眼红。

期间当然也写了遗嘱。又想到自己无儿无女无兄弟姐妹，我妈又是个不靠谱的，一旦横死，得给邻居给社区给片警添多少麻烦啊。一度还想过委托个律师帮忙料理后事。但再一想，就自己那点财产，付完律师费用后，恐怕留给朋友们的就剩不了多少了。还是能省就省吧。

主要遗产是书的版权。本来我还觉得自己没几个朋友，书是倒写了一堆，应该够分了吧。结果列出名单一看，千算万算还是僧多粥少——哦不，狼多肉少。给这个不给那个吧，不妥；这个那个都不给吧，更不妥……算来算去，笔一扔，罢了罢了，还是多活两年吧。再多写几本书，给大伙儿摊匀了再死……生命动力满满，疾痛能奈我何。

4

作为一个病人，生病的日常中几乎没什么能难得倒李娟。除了尿急尿频。

说的是晚上。到了晚上总得睡觉吧？睡觉总得躺倒吧？然而——我得的是"阵发性位置性眩晕"。这一躺倒，位置不就改变了吗？于是身子瘫在床上一圈一圈地转啊转啊……好容易缓过劲儿，强烈的眩晕和恶心感平复了。往往就在这时，下方的灵感也来了……只好起身上厕所……这一起身，位置又变了不是？于是撑着床半坐着，一圈一圈转啊转啊……再度熬过一轮眩晕恶心。晕劲儿过去后，硬梗着脖子摇摇晃晃上了厕所，再回来缓缓躺倒——还有新一轮眩晕恶心等着呢。

好吧，躺下没过多久，新的灵感又来了……我一定是生活在洗衣机里。

本来只脱落了一粒耳石。折腾一晚上，我觉得满鼓膜上的耳石稀里哗啦直往下掉。

应对办法只有一个，憋着。直到把两泡尿憋成一泡。这样就可以少晕几次。

真想配置2升容量的XXXXL号膀胱，真想插根导尿管。

摇摇晃晃走向卫生间的心情颇为凄凉。相比之下，摇摇晃晃走向厨房，摇摇晃晃走向衣柜，摇摇晃晃走向书桌……这些都稍具平和性。

我对溢溢说："我别的不怕，就担心哪天死在马桶上。这死相未免太难看了。"

溢溢说："你放心，等你死了，我一定第一时间赶到现场，把你从马桶上挪开。"

犯晕的日子里，静静躺着，胡思乱想。可越是胡思乱想，越是通体安静，静得像是位于深渊与巨崖的临界处。

整天躺啊躺啊，无边无际的眩晕中，突然就想起了外婆。

想起了许多往事。"啪嗒"一下，想通了很多事。

也想明白了自己为什么会得这样的病。

想起外婆在最后那几年时光里总是说自己头晕。每到那时，我深深为之担忧，却又安慰自己：人年纪大了难免会有这样那样的毛病。所以并不曾真正重视过。

那时我一个人照顾她，还要兼顾自己的工作。她九十多岁，行走不便，我又收入微薄，买不起轮椅，每次送她去医院是相当麻烦的事。而且我们生活的地方是个小城市，医疗资源匮乏，服务也不太好。她病情严重的时候我也想法子带她去过几次医院，但医生们总是推三阻四，不愿接诊。无论什么病，都只让我带回家慢慢养，连药都不给开的。大约我外婆年高体弱，医院怕出岔子担责任吧。所以，外婆最后那几年的状态，差不多就是"等死"了。

记忆里外婆犯过好几次头晕，每次也绵延半个多月。那时她每天晚上都不敢躺下睡觉，总是用衣物把枕头堆得高高的，半坐半躺地入睡。每次我叫她的时候，她也没法直接回头答应，而是先从椅子上站起来，站稳后，再挪动脚步，把整个身子都转过来。现在想想，其实就是典型的耳石症症状。其实这个病也不是大病，只要找到有经验的医生，用手法就能轻易地帮助耳石复位。可是每次，她都是自己硬生生扛好的，硬生生熬到脱落的耳石渐渐被溶解。

那时的她多么孤独啊。漫长的生命，无边的病痛，无可倾诉，不知所终。我每天都得上班。绝大部分时间里她独自一人待着，深深坐在房间里，不知是在等待还是在坚持。

直到失去她十年后，我才深切体会到她曾经孤独捱过的痛苦。这可能就是报应。我对她的无视，对她的漠然，对她的所有的不耐烦，一滴不漏地统统回来了，统统兑入我的病痛之中。好像只有我完全承受了这些，死去的外婆才能稍微靠近我一点。

2018 年